東北 こわい物語

東北6つの物語

編著／みちのく童話会
装画／ふるやま たく　挿画／おしの ともこ

もくじ

宮城県《みやぎけん》

縛《しば》り地蔵《じぞう》

佐々木《ささき》 ひとみ

一・奏《かなで》が来る！

ガチャリ。玄関《げんかん》のドアが開き、だれかが外へ出ていく気配《けはい》がした。耳を澄《す》ますと、広瀬川《ひろせがわ》の瀬音《せおと》にまぎれて小さな足音がゆっくりと遠ざかっていく。カーテンのすきまから、すみれ色の空が見えている。夏の夜はまだ明けきっていないようだ。

こんな朝早くに出かけていくとしたら……おばあちゃんしかいない。行き先は、たぶん近所のお地蔵様《じぞうさま》だ。願《ねが》いごとをしに行くんだ。

ここ数日、おばあちゃんは持病の腰痛《ようつう》を悪化させていた。

「明日は奏《かなで》ちゃんが来るっていうのに……」

夕べもそう言って、深いため息をついていた。

少し動くにも「あいたた！」と腰《こし》をおさえるおばあちゃんの痛々《いたいた》しい姿《すがた》を見ながら、（奏《かなで》なんか、来なけりゃいいのに！）と思った。

奏は、東京《とうきょう》で暮《く》らしている従姉妹《いとこ》だ。同じ六年生とは思えないほど大人びていて気が強い奏は、ずけずけモノを言ってまわりの人間を自分の思うままに動かすタイプ。対するぼくは、「拓斗《たくと》、ぼーっとしないの！」といつも注意されるタイプ。奏とは年に二回、お盆《ぼん》とお正月に会うぐらいだけど、小さいころから家来《けらい》のように扱《あつか》われてきた。

腹立《はらだ》たしいのは、奏がぼくの兄ちゃんにはまったく別《べつ》の顔を見せるってことだ。「奏、和音《かずね》くんみたいなお兄ちゃんがほしかったなぁ」なんて、コテコテの妹キャラで甘《あま》えてみせるんだ。ぼくのことは「拓斗」って呼《よ》び捨《す》てにするくせに。

「奏ってさぁ、モデルのミチヨパミにちょっと似《に》てるよなぁ」

中学二年生になった今でも、兄ちゃんは奏《かなで》にだまされ続《つづ》けている。兄ちゃんだけじゃない、父さんも母さんも奏の魔力《まりょく》にやられている。奏一家が東京《とうきょう》に帰っていったあとは決まって、「奏ちゃんみたいな娘《むすめ》がいたらなぁ」「ねぇ」というため息まじりの会話を聞かされることになる。そんなわが家でだれより強く奏の魔法にかけられているのは、おばあちゃんだ。

夏休みに入ってまもなく、奏から《お盆《ぼん》には少し早いけど、仙台《せんだい》に行くね(*^。^*)》というメッセージを受け取ったおばあちゃんは、小おどりしてよろこんだ。そして、健康体操《けんこうたいそう》クラブの仲間《なかま》に、こんなふうにじまんした。

「最近《さいきん》ちょっといそがしくて、練習に出られなくてごめんなさいね。いえね、東京から孫《まご》が来るのよ。いつもはお盆に家族三人で来るんだけど、今年は自分だけ先に来るって言うの。あれこれ準備《じゅんび》してあげなきゃいけないから、もう、たいへんなのよぉ」

笑顔《えがお》全開で発した最後《さいご》の「たいへんなのよぉ」は、声が裏返《うらがえ》っていた。

その日から、おばあちゃんは奏《かなで》のためにかわいいタオルを買ったり「仙台七夕《せんだいたなばた》まつり」で着る浴衣《ゆかた》を用意したり、奏が行きたそうな場所の下見に出かけたり、朝から晩《ばん》まで動きまわった。その結果《けっか》、腰《こし》を痛《いた》めた。

「せっかく奏ちゃんが来てくれるっていうのに、情《なさ》けない！」

夕べ遅《おそ》く、母さんに湿布《しっぷ》をはりかえてもらいながら、おばあちゃんはくやしそうにくちびるを噛《か》んだ。そして、「こうなったら、お地蔵《じぞう》様におすがりするしかないわね」とつぶやいた。

――お地蔵様。

うちの近所には、知る人ぞ知る霊験《れいげん》あらたかなお地蔵様があるんだ。

二. るーぷる仙台《せんだい》

「あー、つまんない。これが拓斗《たくと》のおすすめのコース？　ありきたりすぎて、ちっともおもしろくないんですけどぉ？」

車窓《しゃそう》の景色《けしき》をながめながら、奏《かなで》がぶーぶー言っている。

ぼくは聞こえないふりをして、反対側《はんたいがわ》の景色を見つめている。

ぼくらは今、仙台《せんだい》市内のおもな観光《かんこう》スポットをめぐる循環《じゅんかん》バス「るーぷる仙台」で仙台城跡《せんだいじょうあと》に向かっている。

「はあーあ」

長い髪《かみ》をかきあげて、奏はわざとらしくため息をつく。

（だからいやだって言ったじゃん！）

気持ちを落ち着けるため、リュックからマグボトルを取り出して、冷《つめ》たい麦茶をごくりと飲んだ。

「拓斗《たくと》、奏《かなで》ちゃんの案内《あんない》をお願《ねが》い。拓斗しか頼《たの》める人がいないのよ」

今朝《けさ》、朝ご飯《はん》のあと、おばあちゃんは泣《な》きそうな顔でぼくに手を合わせた。お地蔵《じぞう》様から戻《もど》ってきたときは「腰《こし》の痛《いた》みが消えた！」ってよろこんでいたんだけど、父さんに「無理《むり》は禁物《きんもつ》！」って、外出禁止《きんし》を言いわたされたんだ。

着がえやら宿題やらが詰《つ》めこまれた奏の荷物は、宅配便《たくはいびん》で昨日《きのう》のうちに届《とど》いている。おばあちゃんは今日、仙台駅《せんだいえき》で奏を出迎《でむか》えたら、そのまま「るーぷる仙台」に乗って市内を案内することになっていた。

「今無理をしたら、『仙台七夕《せんだいたなばた》まつり』も楽しめなくなるぞ」

父さんに強く言われて、おばあちゃんはしぶしぶうなずいた。

問題は、「今日、だれがおばあちゃんのかわりに奏《かなで》の相手をするか？」だった。

父さんと母さんは仕事、兄ちゃんは部活。結局《けっきょく》、予定がないのはぼくだけってことで、その役がまわってきた。

「奏ちゃん、『今、歴史《れきし》にハマってる』って言ってたから、仙台城跡《せんだいじょうあと》と大崎八幡宮《おおさきはちまんぐう》に連《つ》れていってあげて。『るーぷる仙台《せんだい》』に乗ってまわればいいだけだから、簡単《かんたん》でしょ？　ね、拓斗《たくと》、お願《ねが》い！」

もちろん一度は断《ことわ》った。でも、「前からほしがってたスポーツタイプの自転車を買ってあげるから」と言われて、引き受けることにした。

「ちょっと、拓斗。あたしの話、聞いてる？」

となりの席《せき》で、奏が大きな目でこっちをにらんでいる。

一日乗車券《けん》で、乗り放題、乗り降《お》り自由《じゆう》の
「仙台《せんだい》市《し》観光《かんこう》シティループバス」るーぷる仙台。
写真提供：宮城県観光戦略課

さらに、小さいけど、ぼくにだけは確実《かくじつ》に聞こえる声でつぶやいた。

「だいたいなんで拓斗《たくと》なの？　どうせなら、和音《かずね》くんと『るーぷる』に乗りたかったなぁ」

　こんなやつと一日いっしょにいなきゃならないなんて、地獄《じごく》だ。

　ふきげんそうな奏《かなで》と、だまりこむぼく。ぼくらを乗せた「るーぷる仙《せん》台《だい》」は、うなるようなエンジン音をあげながら、仙台城跡《せんだいじょうあと》へと続《つづ》く青葉《あおば》山《やま》の急な坂道をのぼっていく。

三. 仙台城跡《せんだいじょうあと》

仙台城跡《せんだいじょうあと》に着いたぼくと奏《かなで》は、まっすぐ展望台《てんぼうだい》へと向かった。

「ねえ、拓斗《たくと》く〜ん、一つお願《ねが》いがあるんだけどぉ」

それまでむすっと押《お》しだまっていた奏が口を開いたのは、展望台にある伊達政宗《だてまさむね》公の騎馬像《きばぞう》の前だった。

「跡」とついているとおり、仙台城跡には創建《そうけん》当時の建物《たてもの》はない。石垣《いしがき》と本丸御殿《ほんまるごてん》の跡を示《しめ》す礎石《そせき》が残《のこ》っているだけだ。かわりに、仙台の土台を築《きず》いた政宗公の騎馬像がある。三日月の前立《まえだ》てがついた兜《かぶと》をかぶり、街《まち》を見つめる政宗公の姿《すがた》は、この街のシンボルとなっている。

その騎馬像の前で、奏が笑顔《えがお》を浮《う》かべてぼくを見つめている。

（拓斗くん？『くん』？　こいつ、ぜったい何か企《たくら》んでる！）

仙台城《せんだいじょう》（青葉城《あおばじょう》）跡《あと》の伊達《だて》政宗《まさむね》公《こう》騎馬像《きばぞう》。
写真提供：宮城県観光戦略課

　バレバレなのに、モデルのミチョパミによく似《に》た顔立ちで、すらりとした体型《たいけい》（くやしいことに、ぼくより2センチも背《せ》が高い）の奏《かなで》が、キラキラの笑顔《えがお》を浮《う》かべると、さすがにドキっとする。

（だまされるもんか！）

と心の中で念《ねん》じながら、

「なんだよ、お願《ねが》いって」

　できるだけ低《ひく》い声で聞き返した。

「うん、あのね……、あ、その前に、これからの予定ってどうなってる？」

「本丸会館《ほんまるかいかん》のフードコートでお昼を食べる。そのあと青葉城資料展示館《あおばじょうしりょうてんじかん》を見学して、それからまた『るーぷる仙台《せんだい》』に乗って大崎八幡宮《おおさきはちまんぐう》へ行く」

「何それ！　フツーすぎて、笑《わら》えるんですけど？」

鼻で笑うと、奏《かなで》はわざとらしく首をふった。

頭の中で、カチッ！　と音がした。

確《たし》かに、仙台城跡《せんだいじょうあと》と大崎八幡宮は仙台の超《ちょう》メジャーな観光《かんこう》スポットだ。だからといって……。

「笑うな！　おばあちゃんは奏が来ることになってから、どこを案内《あんない》しようか、一生懸命《いっしょうけんめい》考えてた。下見までしたんだぞ。ぜんぶおまえのためだ！」

「だから？」

わざとらしく腰《こし》をかがめて、奏がぼくの顔をのぞきこむ。

「考えてくれたのはうれしいけど、あたしのためって言うなら、最初《さいしょ》から『どこへ行きたい？』って聞いてくれればよかったのよ。そうすればそっちだって、時間を無駄《むだ》にすることもなかったでしょ？」

奏《かなで》の言うことにも一理ある。一理あるけど……何かが引っかかる。

「だいたいさぁ、おばあちゃんはズレてるのよ」

「は？」

「あたしのためとか言って、スケジュールを立てたり、タオルとか浴衣《ゆかた》とか用意してくれてるらしいけど、それ、ちっともうれしくないから。あたしの好《この》みに合わなければ、はっきり言って迷惑《めいわく》だから！」

「はあぁ？」

ぼくの声に、通りかかった観光客《かんこうきゃく》がふり返る。

「おまえ、何言ってくれちゃってんの？」

びっくりした。自分に、だ。クラスの「地味担当《たんとう》」とか「空気係」とか言われてるぼくにも、こんな言い方ができるんだ！　って。

なのに……。

「ウザいのよ。おばあちゃんも拓斗《たくと》も、全体的《ぜんたいてき》にウザいの！」

奏《かなで》はちっともビビッていない。むしろ、勢《いきお》いが増《ま》している。

（負けるもんか！）

「おまえさあ、『オブラートに包《つつ》む』って言葉、知らないの？　人には『言ってはいけないこと』があるって習わなかった？」

「あたしは正直なの。はっきりモノを言うタイプなの。それがセールスポイントなの。ちっちゃいころからそうだったでしょ？　それに、いくらあたしでも、本当のことを本人に直接《ちょくせつ》言ったりしないよ。拓斗だからに決まってんじゃん。そんなこともわかんないの？　バカなの？」

（もうムリ！　おばあちゃんに土下座《どげざ》して頼《たの》まれたって、ムリ！）

こんなヤツと一秒だっていっしょにいたくない。自転車を百台、いや、千台買ってくれると言われても、だ。

「ま、それはいいんだけどぉ」

急に表情《ひょうじょう》が変《か》わった。ツンとすましたミチヨパミ顔に戻《もど》った。

「いいわけないだろ！」と返す前に、奏《かなで》は小首をかしげて手を合わせた。

「一生のお願《ねが》いがあるの！　悪いようにはしないから。ね、ね？」

目の奥《おく》が、キラン！　と光る。奏の魔法《まほう》、発動だ。

キヲツケロ！　シンジルナ！　頭の中で、警戒警報《けいかいけいほう》が鳴り響《ひび》いた。

四．仙台《せんだい》妖《あやかし》スポットめぐり？

「仙台《せんだい》市内にある〝妖《あやかし》スポット〟をめぐってみたいの」

それが奏《かなで》の「一生のお願《ねが》い」だった。

「〝妖スポット〟？　なんだそれ？」

「……だよね。ぼんやりくんの拓斗《たくと》が知ってるわけないよね？」

ニヤリと笑《わら》うと、奏は得意《とくい》げに話し始めた。

「〝妖スポット〟っていうのは、妖怪《ようかい》とか霊《れい》とかのふしぎな話が伝《つた》わっている場所のこと。どの町にも一つぐらいはあるんだけど、特《とく》に仙台にはそういう場所がたくさんあるみたいなんだよね。どこにどんな話が伝わっているのかは、夏休みに入る前に図書館とインターネットで調べた」

（へえ）と思った。ただの〝わがまま姫《ひめ》〟だと思ってたけど、自分が気になったものに関《かん》しては努力《どりょく》を惜《お》しまないタイプなんだ？　って。

「でさぁ」

奏《かなで》の話はまだ続《つづ》いている。

「〝妖《あやかし》ばなし〟に出てくる地名のほとんどは昔の地名だったりするから、スマホに『仙台地図《せんだいちず》さんぽ』っていうアプリも入れてきた」

「アプリ？『仙台地図さんぽ』？」

「百年前の仙台の地図でね。古い地名や通りの名前、当時その場所にあったお寺の名前なんかも書かれているの。たとえば、今あたしたちがいる場所が、かつてなんという地名だったか確《たし》かめるには……」

言いながら奏はスマホを取り出して起動させると、『仙台地図さんぽ』というアイコンをタップした。すると、『一〇〇年前の仙台を歩く　仙台地図さんぽ』というタイトル画面が現《あらわ》れた。

慣《な》れた手つきで奏《かなで》がタイトルの下にある「仙台市全図《せんだいしし》」というバーをタップすると、びっしりと文字が書きこまれた古そうな地図が画面いっぱいに開く。黄色みがかった古地図の上には、青い球体が浮《う》かんでいる。

「これは、あたしたちが今いる場所を示《しめ》しているアイコン。で、こうすると……」

言いながら奏はアイコンのある場所に親指と人さし指をあてた。指の間隔《かんかく》を広げると、地図が大きくなった。

青いアイコンの下に、「青葉ケ崎《あおばがさき》」という古めかしい文字が見える。

「このアプリと、最新《さいしん》の地図アプリを使えば、昔、ふしぎな出来事がおこった場所をたずねることができるってわけよ」

得意《とくい》げに言うと、奏はアプリを閉《と》じた。

つまり、そんな〝妖《あやかし》スポット〟をたずねてみたくて、家族より先に仙台《せんだい》にやってきたってことらしい。

「だったら、最初《さいしょ》からそう言えばよかったじゃん！　おばあちゃんはおまえが歴史《れきし》にハマってると思いこんで、仙台城跡《せんだいじょうあと》や大崎八幡宮《おおさきはちまんぐう》を案内《あんない》しようと計画したんだぞ」

「言えるわけないでしょ？　〝妖《あやかし》スポット〟めぐりをしたい！　なんて言ったら、パパやママが心配するに決まってるもの！」

「じゃあ、おばあちゃんならいいのか？」と言いかけて、やめた。

こいつにはこいつなりの優先順位《ゆうせんじゅんい》があって、それはぼくの優先順位とは全然《ぜんぜん》ちがう。こいつはそれをゆずる気もないし、ぼくもゆずる気はない。

こいつとは、一生わかり合えない。――そう思った。

「あたし、学校で『妖研究会《あやかしけんきゅうかい》』をつくったの。で、夏休みが終わったら、自分がたずねた〝妖《あやかし》スポット〟を発表することになってるわけ。『夏休みは仙台《せんだい》に行くんだ』って言ったら、みんなに期待されちゃってさぁ。だから、できるだけレアなスポットに行ってみたいんだよね」

要《よう》は「じまんしたい」ってことらしい。

そんなことを企《たくら》んでいた奏《かなで》のために、おばあちゃんは腰痛《ようつう》を悪化させるほどはりきっていたのだと思ったら、胸《むね》の奥《おく》が苦しくなってきた。

「親が来るまでに、いろんな〝妖スポット〟に行くつもり。その一つが実はこの仙台城跡《せんだいじょうあと》の近くにもあるんだよね。ね、拓斗《たくと》、行こうよ！」

（そこは『連《つ》れていってください』だろう？）

心の中でツッコんだけど、顔には出さずに「わかった」とうなずいた。

こいつには、何を言ってもムダなのだ。だとしたら……。

「わかった。そこに行こう。その前に、お昼を食べよう」

ぼくは、青葉城本丸会館《あおばじょうほんまるかいかん》のフードコートに向かって歩き出した。

奏《かなで》の行きたいところに行かせる作戦《さくせん》だ。

ねらいは、さっさと行って、さっさと家に帰ること。そして、奏をおばあちゃんに引きわたすこと。奏がおばあちゃんをどう思おうが、おばあちゃんが奏をどう扱《あつか》おうが、ぼくには関係《かんけい》ないことだ。ストレスで爆《ばく》発《はつ》する前に、一刻《いっこく》も早く奏から解放《かいほう》されたい。……それだけだ。

五．扇坂《おうぎざか》・行人坂《ぎょうにんざか》

広瀬川《ひろせがわ》にかかる大橋を渡《わた》り、古い住宅地《じゅうたくち》をぬけて評定河原橋《ひょうじょうがわらばし》を渡り、政宗公《まさむねこう》が眠《ねむ》る瑞鳳殿《ずいほうでん》の下を通りすぎて霊屋橋《おたまやばし》を渡るころには、ヒグラシが鳴き、太陽が西にかたむき始めていた。

霊屋橋のむこうの川沿《ぞ》いに広がる住宅地、その一角にぼくんちはある。

「行ってみたけど、『扇坂《おうぎざか》』も『行人坂《ぎょうにんざか》』もイマイチだったなぁ」

ぶつぶつ言う奏《かなで》の声が、背中《せなか》の方から聞こえてくる。

「伝《つた》わっている〝妖《あやかし》ばなし〟にはパンチがあったのに、実際《じっさい》に行ってみると何もなくて、正直がっかりっていうか……」

奏が「行ってみたい」と言った場所は、かつての仙台城《せんだいじょう》二の丸の北《きた》側《がわ》、千貫沢《せんがんざわ》という深い沢沿《さわぞ》いにあったという「扇坂《おうぎざか》」だった。

奏《かなで》が調べた資料《しりょう》によれば、江戸時代《えどじだい》、そのあたりはお城《しろ》で働《はたら》いていた侍《さむらい》の日常的《にちじょうてき》な登城路《とじょうろ》だったようで、「夜、扇坂にさしかかったら、足もとに血まみれの生首《なまくび》がごろごろ転《ころ》がってきた」とか、「どこからともなく燃《も》えさしの木片《もくへん》がたくさん飛《と》んできた」とか、「橋の欄干《らんかん》に小僧《こぞう》が腰《こし》かけていて『お侍さん、ちょいとわたしの足を見てくださいな』と言うので見てみたら、小僧の足は長くのびて谷底《たにぞこ》まで届《とど》いていた」などという〝妖《あやかし》ばなし〟が伝《つた》わっていた。

ぼくらはアプリをたよりに、仙台城跡《せんだいじょうあと》から歩いて「扇坂」に向かったが、たどり着いたその場所に「坂」はなく、かわりに急勾配《きゅうこうばい》のコンクリート製《せい》の階段《かいだん》があるだけだった。

「よし、次行ってみよう！」

拍子《ひょうし》抜《ぬ》けした奏《かなで》は、ぼくに了解《りょうかい》をとることもなく、すぐさま次に向かって歩き出した。向かった先は、「扇坂《おうぎざか》」の北、千貫沢《せんがんざわ》を越《こ》えたところにある「行人坂《ぎょうにんざか》」だ。

この坂には、こんな〝妖《あやかし》ばなし〟が伝《つた》わっていた。

坂の途中《とちゅう》に、修行者《しゅぎょうしゃ》が生きたまま埋《う》められたという〝行人塚《ぎょうにんづか》〟があった。そこには榎《えのき》の老木《ろうぼく》があったため〝榎塚《えのきづか》〟とも呼《よ》ばれていた。この坂の上には茶室があり、ここで茶会を開くと、いつも決まった方角に行人の亡霊《ぼうれい》が現《あらわ》れた。そのため、茶会の際《さい》はその方角に屏風《びょうぶ》を立てたものだ。

亡霊が出ても茶会をするという、なんだかすさまじい伝説《でんせつ》だ。

行ってみると、「行人坂」は車がひんぱんに行き来する道路になっていた。沢沿《さわぞ》いの歩道で『仙台地図《せんだいちず》さんぽ』を開いてみたら、確《たし》かに「榎《えのき》塚《づか》」と書かれていたが、塚《つか》らしいものは見あたらなかった。

「がっかり」と奏《かなで》は言うが、ぼくはそういう話が伝《つた》えられている場所に立って、伝説《でんせつ》が生まれたころの人の暮《く》らしとか風景《ふうけい》に思いをはせることに意味があるのではないかと思った。少なくとも、ぼくは伝説に出てくる「扇坂《おうぎざか》」や「行人坂《ぎょうにんざか》」が本当にあったことに感動したし、同じ場所に立つことで、今と昔がつながったような気がした。

「写真映《ば》えもイマイチだったし、あやしげな雰囲気《ふんいき》もなかったし」

奏はまだぶつぶつ言っている。

「ねえ、拓斗《たくと》。もっとレアな〝妖《あやかし》スポット〟、知らない？　インターネットとかでもまだ紹介《しょうかい》されていない、『知る人ぞ知る』的《てき》な場所！」

（知る人ぞ知る場所……か）

ある場所が頭をよぎったが、ぼくは聞こえないふりをして歩き続《つづ》けた。

「……って、知ってるわけないよね？」

奏《かなで》は勝手に話を進めている。

「拓斗《たくと》なんかに聞いたあたしがバカだった。だって、拓斗だもんね。あー

あ、こんなことなら、仙台《せんだい》なんか来なきゃよかった！」

カチッ！　と頭の中で音がした。カチッ！　カチッ！　カチッ！

気づいたら「あるよ」とつぶやいていた。

「え、どこ？」

「うちの近く。お地蔵様《じぞう》なんだけど」

「はぁ？　お地蔵様？」

奏は目をむいた。

「そんなのちっともレアじゃないじゃん。お地蔵《じぞう》様なんてどこにでもあるよ。あたしの話、ちゃんと聞いてた？　だいたい拓斗《たくと》はさぁ……」

「ただのお地蔵様じゃない！」

と、奏《かなで》の言葉をさえぎった。

「すごいお地蔵様なんだ。……まあ、行けばわかるさ」

すべては言わずに、歩き出す。

しばらくして、背中《せなか》から「ちっ」と舌打《したう》ちが聞こえてきた。

「大したことなかったら、罰《ばつ》として拓斗に何かおごってもらうからね！」

ぶつぶつ言いながらも、ついてくることにしたようだ。

ぼくは、ほくそえんだ。

六、縛《しば》り地蔵《じぞう》

そのお地蔵《じぞう》様に初《はじ》めて連《つ》れていかれたのは、ぼくがまだ幼稚園《ようちえん》のころ。ぜんそくの発作《ほっさ》で苦しんでいたころだった。

「……こわい」

お地蔵様を目にした瞬間《しゅんかん》、思わずおばあちゃんの背中《せなか》に隠《かく》れた。

コンクリートのお堂《どう》の中に納《おさ》まっていたお地蔵様は……縄《なわ》で縛《しば》られていた。それも一本や二本じゃない。首から下が見えないほど、ぐるぐる巻《ま》きにされていたのだ。見るからに苦しそうなのに、お地蔵様は穏《おだ》やかな顔で、笑《え》みすら浮《う》かべていた。

「こわいよ、おばあちゃん！」

半べそをかいているぼくの背中を、おばあちゃんはそっとなでた。

「だいじょうぶ。このお地蔵《じぞう》様は『縛《しば》り地蔵《じぞう》』といって、とっても優《やさ》しいお地蔵様なんだよ。このお姿《すがた》はね、お地蔵様の『我《われ》代《かわ》りて苦《く》を受《う》けん』というお心をあらわしているの」

「ワレカワリテ……」

「苦を受けん。簡単《かんたん》にいうと『わたしがあなたのかわりに苦しみを引き受けます』ってこと。このお地蔵様の体に願《ねが》いをこめて縄《なわ》を結《むす》ぶと、悩《なや》みや苦しみを取

仙台《せんだい》市内にある縛《しば》り地蔵《じぞう》。

りのぞいてくれるといわれているの」

そう言うとおばあちゃんは、持ってきた真新しい縄《なわ》を差《さ》し出した。

「さあ、拓斗《たくと》。この縄をお地蔵《じぞう》様の体に巻《ま》きつけなさい。巻きつけるとき、『ぜんそくを治《なお》してください』とよーくお願《ねが》いして」

うながされて、おそるおそるお地蔵様の体に縄を巻きつけた。

結《むす》ぶのは、おばあちゃんがやってくれた。

「おばあちゃん、この縄はどうなるの？」

みんながこの調子で縄を結びつけていったら、お地蔵様は頭のてっぺんまで縄に埋《う》もれてしまいそうだった。

「年に一度、お祭りの日に解《と》いてはずすんだよ。お地蔵様は、そこからまた一年間、みんなの悩《なや》みや苦しみをかわりに受け止めてくださるの」

「だれかが勝手にはずしちゃったら、どうなるの？」

「お地蔵《じぞう》様の体に結《むす》ばれた縄《なわ》には、結んだ人の悩《なや》みや苦しみがたっぷりこめられているからねぇ」

おばあちゃんはぼくの目をじっと見つめ、声をひそめてこう言った。

「はずした人に、縄にこめられた悩みや苦しみが降《ふ》りかかるんだよ」

背筋《せすじ》が、ゾクっとしたのを覚《おぼ》えている。

ぼくのぜんそくは、小学校に入るころにはすっかりよくなった。

縛《しば》り地蔵《じぞう》のおかげ……だったのかどうかはわからない。

七．ワレカワリテクヲウケン

「何これ？　こんなの、初《はじ》めて見た！」

縛《しば》り地蔵《じぞう》を目にしたとたん、奏《かなで》のテンションは爆《ばく》あがりした。

夕陽《ゆうひ》に照《て》らされたお地蔵様のまわりをぐるぐるまわりながら、「すごい！」「すごい！」とスマホで写真を撮《と》りまくっている。

「このお地蔵様は、『縛り地蔵』っていうんだ。お地蔵様の体に願《ねが》いをこめて縄《なわ》を結《むす》ぶと、悩《なや》みや苦しみを取りのぞいてくれるといわれている」

ぼくは、昔おばあちゃんが教えてくれたとおりに話した。

「ふうん」と言ったきり、奏はお地蔵様をじっと見つめている。

と、思ったら、お地蔵様の台座《だいざ》にひょいと飛《と》び乗った。

止める間もなく、奏が縄に手をかける。

「おい、何をする気だ！」

「いいから、いいから」

結《むす》び目に手をかけると、奏《かなで》はその縄《なわ》をほどきにかかった。

「あ！」

縄が、ほどけた。まだ新しい縄だ。縄を手に、奏は地面に飛《と》び降《お》りた。

「奏、おまえ……」

「いいじゃん、一本ぐらい。『縛《しば》り地蔵《じぞう》』はなんでも願《ねが》いごとをかなえてくれる、霊験《れいげん》あらたかなお地蔵様なんでしょ？『妖研究会《あやかしけんきゅうかい》』のみんなにも分けてあげたら、きっとよろこんでくれると思うんだ」

言いながら、奏は縄をバッグに押《お》しこんだ。それから、あっけにとられて見ているぼくに「さ、帰ろっ！」と声をかけて歩き出した。レアな〝妖スポット〟で、仲間《なかま》にじまんできそうなお宝《たから》を手にしたことで、さらにテンションがあがったらしい。

ふいにぼくの頭の中に、おばあちゃんの言葉がよみがえってきた。

「はずした人に、縄《なわ》にこめられた悩《なや》みや苦しみが降《ふ》りかかるんだよ」

そっとうかがうが、奏《かなで》に変《か》わったようすは見られない。

「明日はおばあちゃんにお願《ねが》いして、バスで北山《きたやま》の方に行ってみようかな。あのへんはお寺が多いから〝妖《あやかし》ばなし〟もいろいろあるんだよね」

のんきに明日の計画を立てている。おばあちゃんを引っぱり出す気だ。

そうだ、おばあちゃんの腰痛《ようつう》はどうなっただろう？

今朝《けさ》出かけるとき「痛《いた》みが消えた」って言ってたけど……。

今日一日安静《あんせい》にしていたから、すっかり元気になっただろうか。

だったらいいな。

「六道《ろくどう》の辻《つじ》もいいかも。歩いていけない距離《きょり》じゃないみたいだし」

ウキウキと語る奏《かなで》は、明日も〝妖《あやかし》スポット〟めぐりをする気満々《まんまん》だ。

（だよね。縄《なわ》を勝手にはずした人に、縄にこめられた悩《なや》みや苦しみが降《ふ》りかかるなんて、そんなのやっぱり迷信《めいしん》だよね）

ホッとしたような、残念《ざんねん》なような、複雑《ふくざつ》な気持ちで、ため息をつきかけた、そのときだ。

「いたっ！」

奏が、小さくさけんで足を止めた。

「いたっ、あいたたたた！」

さけびながら、腰《こし》をかがめる。

「拓斗《たくと》、助けて！　急に腰が痛《いた》くなってきた！」

手をあてて痛む腰をかばう姿《すがた》は、昨夜《さくや》のおばあちゃんにそっくりだ。

（もしかして、あの縄……）

気づいた瞬間《しゅんかん》、背筋《せすじ》が冷《つめ》たくなった。

——**ワレカワリテクヲウケン。**

お地蔵《じぞう》様の声が、聞こえたような気がした。

八・藁《わら》くず

腰《こし》を曲げて「痛《いた》い」「痛い」とくり返す奏《かなで》に駆《か》けより、声をかける。

「奏、縄《なわ》を返しに行こう」

「縄？　どうして？　せっかくもらってきたのに」

痛みで顔をしかめながらも、奏は縄が入ったバッグを抱《かか》えこむ。

（つたく、こいつってやつは！　その縄が原因《げんいん》なのに）

「腰が痛いんだろう？　すぐに縄を縛《しば》り地蔵《じぞう》に返した方がいい」

「だから、どうしてって聞いてるの！」

「縛り地蔵の縄は、勝手にはずしてはいけないんだ。勝手にはずすと、はずした人に、縄にこめられた悩《なや》みや苦しみが降《ふ》りかかるといわれているんだ」

「えっ!」

目を見開いたまま、固《かた》まっている。

「だから、その縄《なわ》を縛《しば》り地蔵《じぞう》に返すんだ。返すのは、たぶんはずした人でなきゃいけない。奏《かなで》が自分で返しに行かなきゃならないんだ」

青白い顔で少し考えた奏は、「わかった」とうなずくと、バッグを手によろけながら立ちあがった。

そろりそろり、おばあちゃんみたいに歩く奏に、「ほら」と右肩《みぎかた》を差《さ》し出すと、素直《すなお》に手をかけてきた。よほど痛《いた》いらしい。

「行こう」

ぼくは奏をささえながら、縛り地蔵に向かって歩き出した。

夕陽《ゆうひ》の中、縛り地蔵は変《か》わらない笑《え》みを浮《う》かべてたたずんでいた。

「お地蔵《じぞう》様、ごめんなさい」

「申《もう》し訳《わけ》ありませんでした」

ふたり並《なら》んで頭をさげた。それから、奏《かなで》がバッグから縄《なわ》を取り出した。

取り出した瞬間《しゅんかん》、パラリ、数本の藁《わら》くずが地面に落ちた。

奏は気づいていないらしく、「これ、持ってて」と、ぼくにバッグを預《あず》けて台座《だいざ》にあがった。

（どうしよう。この藁くずも、ちゃんと戻《もど》した方がいいのかな？）

拾いあげて考えているうちに、奏は縄を結《むす》び終えた。

「できた」

さっきより表情《ひょうじょう》が明るくなっている。腰《こし》の痛《いた》みは消えたらしい。

「びっくりした。こんなことって、本当にあるんだ」

台座から降《お》りた奏は、縛《しば》り地蔵《じぞう》をまじまじと見つめている。

と思ったら、くるりとふり返った。

「拓斗《たくと》のせいだからね！」

「え？」

「拓斗のおかげで、あたし、ひどい目にあったんだからね！」

この状況《じょうきょう》で、「ありがとう」以外《いがい》の言葉をかけられるって、アリ？

「拓斗が最初《さいしょ》から『縄《なわ》をはずしてはいけない』って教えてくれてたら、痛《いた》い思いをしないですんだんだよ」

ナイフのようなまなざしで、奏《かなで》はぼくをにらみつける。

「そんな大事なことを教えてくれないなんて、サイテー！」

「教える間もなく、おまえが縄をはずしたんだろう？」

「ちがうね。拓斗は最初から教える気がなかった。そうでしょ？　わざとに決まってる。おばあちゃんに言いつけてやるから！」

（そうだ、これが奏《かなで》だった）

胸《むね》の奥《おく》が、一気に冷《つめ》たくなってゆく。

言い返すかわりに、ぼくは「わかった」と、うなずいた。

「もう日も暮《く》れてきたからさ……」

言いながら、手の中の藁《わら》くずをにぎりしめる。

「とにかく、家に帰ろう」

そしてそれを、奏のバッグにそっとしのばせた。

「な？」

差《さ》し出したバッグを返事もせずにひったくると、奏は歩き出した。

その背中《せなか》を、ぼくは、期待をこめてじっと見つめた。

【協力】古地図アプリ「仙台地図さんぽ」（風の時編集部）
※すでに販売は終了しています。

岩手県《いわてけん》

マヨイガの贈《おく》りもの

ちば るりこ

「16秒82」

木村《きむら》先生が首をかしげた。

「紫《むらさき》さん、記録《きろく》が止まったままだね。16秒を切らないと、入賞《にゅうしょう》は無理《むり》だな」

紫は、くちびるを噛《か》みしめる。五年生になって初《はじ》めて地区の陸上大会の選手《せんしゅ》に選《えら》ばれたのに、百メートル走の記録がのび悩《なや》んでいる。

「だいじょうぶ。あせらないで、紫。あと二週間もあるんだもん」

練習が終わっての帰り道、百合恵《ゆりえ》がはげましてくれた。百合恵は、先週、腕《うで》をけがしてしまい、大会に出られなくなった。本当なら四人いる百メートル走の選手のひとりにには選ばれるはずだったのに……。

「百合恵、わたしダメだね。前は走るのが楽しかったのに、正直つらい。四人の中で一番遅《おそ》いもん。情《なさ》けないよ」

「そんなこと言わないでよ。大会に出られるんだもの、うらやましいな。わたしだって思いっきり走りたいよ」

「……ごめん。わたし、百合恵《ゆりえ》の気持ち、全然《ぜんぜん》考えてなかったね」

「そうだよ。暗い顔はなし。がんばって」

百合恵から肩《かた》をポンと叩《たた》かれた。

「ねえ、どうすれば速く走れるかな？」

思いきって聞いてみる。

「そうね。坂道をのぼる練習したらどうかな。実は、わたし、試《ため》したことあるの。平たい道を走るよりパワーが必要《ひつよう》なの。だから、坂道を走ると、グラウンドがすごく楽になるよ」

「そうなんだ。さっそくやってみるね」

百合恵のアドバイスに大きくうなずいた。

「がんばって、紫《むらさき》。じゃあね」

「バイバイ、百合恵《ゆりえ》」

いつもの曲がり角で百合恵と別《わか》れ、家に向かう。

よし。今日は帰ってから、自主トレをしよう。思い立ったら、走りたくてたまらない。やっぱり走ることが大好《だいす》きだ。


玄関《げんかん》のカギを差《さ》しこみまわす。お父さんもお母さんも、つとめからまだ帰っていない。ランドセルとメモを置《お》くと、すぐに家を出た。

紫の住む遠野市《とおのし》は岩手県《いわてけん》の内陸にあり、まわりを山に囲《かこ》まれている。だから、幼《おさな》いころから山にはなじんでいる。裏山《うらやま》にのぼってみるつもりだ。一時間以内《いない》に戻《もど》れば、お母さんより早く家に帰れるはずだ。

山ののぼり口でストレッチをして、それからのぼり始める。ゆっくり走るのが精一杯《せいいっぱい》だ。

「きつーい」

道をまっすぐにのぼらないで、ジグザグに進んでいく。こうすれば、少しは楽かもしれない。

ふしぎなことに体がどんどん軽くなっていく。

どのくらい走っただろう。山道が二つに分かれている。どちらに行こうかと迷《まよ》っていると、左の方向に黒っぽいトンボが飛《と》んでいった。そのトンボのあとを追いかける。いつのまにか薄暗《うすぐら》い林に入りこんでいた。大きな木が交差《こうさ》するように空に向かってのびている。すると、木にからまっているつるの先に、さっきのトンボがとまっていた。

次の瞬間《しゅんかん》、紫《むらさき》は声も出せないくらいおどろいた。

木の後ろの方向に家があったからだ。大きな木ですっぽりと隠《かく》されていたから、気づかなかったのかもしれない。

急に、のどの乾《かわ》きを覚《おぼ》えた。すぐに帰るつもりだったから、水筒《すいとう》を持ってこなかった。あの家へ行ってお願《ねが》いしてみようか？　でも、知らない家に行って、お水をもらうのも気が引ける。

やっぱりがまんして帰ろうと思ったとき、目の前に小柄《こがら》なおばあちゃんが立っていた。

「あれまあ、なじょしたの？　ここさひとりで来たのすか？」

「あ、あの……わたし、トレーニングしてたんです。ちょっとのどが乾いてしまって」

紫《むらさき》は正直に話した。

「んだば、おらが家で、水飲んでけ。わき水でうんめえよ」

「えっ、いいんですか？」

「いいよ。遠慮《えんりょ》しなくてもいいがらね」

おばあちゃんは、家の前まで連《つ》れていってくれた。

「おら、日暮《ひぐ》れ前に畑さ行かねばなんねえがら、勝手にあがっていいがらね。カギもかがってねえし」

おばあちゃんは、そう言って歩き出した。

「ありがとうございます」

紫《むらさき》がお礼を言うと、おばあちゃんが手をふってこたえてくれた。

屋根が茅葺《かやぶ》きの大きな屋敷《やしき》だった。家の軒下《のきした》にはマキが積《つ》みあげられている。庭には白い花が咲《さ》き、いい香《かお》りがただよっていた。

紫は玄関《げんかん》の前で、「ごめんください」と、言いながら戸を開けた。

「あれ？」

おばあちゃんのひとり暮らしと思ったけれど、玄関には、家族のものか靴《くつ》が五足、きれいに並《なら》んでいる。その中には自分がはいているのと同じようなオレンジ色のランニングシューズもある。お孫《まご》さんがいるのかもしれない。

「すみません。おじゃまします。おばあちゃんから入っていいって言われました。お水をくださーい」

大きな声で呼《よ》びかけたけれど、やはり返事がない。

ランニングシューズをぬいであがると、台所の戸が開いていた。きれいに片《かた》づいたテーブルの上に、お盆《ぼん》があり、コップが一つのっていた。まるで、水を飲むために使ってというように……。

紫《むらさき》は水道の蛇口《じゃぐち》を見つめた。レバーではなく、ひねるタイプのものだ。力を入れてひねると、水が手に飛《と》びはねた。思わず「ヒャー」と声が出てしまう。家の水とはくらべようもないくらいの冷《つめ》たさだ。まず、手を洗《あら》って、コップを手に取る。

透《す》きとおった水が勢《いきお》いよくコップに入る。二、三度コップをゆすいでから、水をため、ゆっくり口に運ぶ。

冷《ひ》えた水が心地よく、のどをうるおしていく。

「おいしーい！」

おかわりをして、もう一杯《ぱい》飲む。

「ああ、生き返ったって感じ」

コップを洗って、かかっていたふきんでふき、もとのところに置《お》いた。

「ごちそうさまでした」

改《あらた》めて台所を見まわすと、鍋《なべ》から湯気《ゆげ》があがって煮物《にもの》のいい香《かお》りがあたりに満《み》ちている。きっと、さっきまで、おばあちゃんがお料理《りょうり》していたのだろう。

そのとき、となりの部屋でガタンと音がした。

やっぱり、だれかいるにちがいない。それなら、お水をもらったお礼をひとこと言いたい。

「あのー、すみません」

部屋の前で声をかけたけれど、だれも答えない。

紫《むらさき》はおそるおそるふすまを開けた。


広い部屋に、七月だというのに大きなこたつがあった。その上には、色とりどりの和菓子《わがし》と湯のみ茶碗《ちゃわん》が五つ並《なら》んでいる。

まるで、さっきまでお茶をのみながらお話ししていた人がいたみたいに……。

こたつの横に、だれかの読みかけの本がある。

「あのー、だれかいませんか？」

初《はじ》めは、ちょっと席《せき》を立っただけだと思っていたけれど、待っていてもだれも戻《もど》ってこない。

床《とこ》の間《ま》には、生《い》け花《ばな》が風もないのに揺《ゆ》れている。

次の瞬間《しゅんかん》、紫《むらさき》は目を疑《うたが》った。

白い花が一気に赤く染《そ》まっていく。

背筋《せすじ》に冷《つめ》たいものが走る。

何かがおかしい……。

もしかして、おばあちゃんをのぞく全員が急に消えたのかも？

とにかく、こんなところに長くいない方がいい。

部屋を出て、家の外に出ようとしたが、足のふるえが止まらない。

どこをどうやって走ったのかよく覚《おぼ》えていない。気がつくと、百合恵《ゆりえ》と別《わか》れた道に立っていた。


家に帰ると、お母さんが玄関《げんかん》で待っていた。

「紫《むらさき》、遅《おそ》かったね。心配したよ」

「ごめん。練習していたから……」

紫は、お母さんに本当のことが言えなかった。おばあちゃんがいいって言ってくれたとはいえ、知らない人の家に入ったことをしかられるような気がしたからだ。

(わたしは、何も悪いことはしていない。ただ、おばあちゃんの家でお水をもらっただけ……)

紫《むらさき》は心の中でくり返していた。

「15秒33」

「紫さん、すごい!」

練習しているメンバーから歓声《かんせい》があがった。

「どんどんのびて、ビックリだな。紫さん、この勢《いきお》いで優勝《ゆうしょう》できるかもしれない」

木村《きむら》先生がガッツポーズをしている。

あの日から、一週間、紫はコツコツと走っていた。山のぼりではなく、坂道を走る練習を取り入れていた。学校の近くの坂を走るときは、いつも百合恵《ゆりえ》が坂の上で立っていて、声をかけてくれる。

夕方、家のまわりをジョギングすることも始めた。「薄暗《うすぐら》くなると危《あぶ》ないから」と、お母さんが反射《はんしゃ》シールを買ってくれた。紫《むらさき》は、丸型《まるがた》のシールをシューズのかかとにはりつけた。小さな光が自分を守ってくれている。

タイムは、毎日、おもしろいように縮《ちぢ》んでいった。今の自己《じこ》ベストは15秒ジャスト。いつのまにか五年生の中では一番速くなっている。木村《きむら》先生が言うように、優勝《ゆうしょう》もねらえるタイムだ。

走っていると足が軽く、どこまでもはずんでいくようだ。

走っていて心から楽しいと思えるのだ。

今日は、六年女子で一番速い沢口《さわぐち》さんと走ることになっている。沢口さんは、去年の地区大会で優勝した人だ。岩手《いわて》のスポーツ選手育成《せんしゅいくせい》のためのミラクルキッズメンバーにも選《えら》ばれている。そんな人に勝てるとは思っていない。だけど、食らいついていって、いい走りをしたい。

「位置《いち》について　用意」

木村《きむら》先生の声に集中し、前を向いた。

「ピッ！」という短いホイッスルと同時にスタートした。

沢口《さわぐち》さんのスタートダッシュに懸命《けんめい》についていく。少しずつ差《さ》がついてきたと思ったときだ。紫《むらさき》は歩幅《ストライド》がグーンとのびるのを感じた。後半は今まで以上《いじょう》にはずむ感覚《かんかく》だ。ゴール前で沢口さんをぬいていた。

「やったー！　紫、新記録《しんきろく》だよ。14秒22！」

ゴールで、百合恵《ゆりえ》が迎《むか》えてくれた。

「百合恵のおかげだよ。いつもつき合ってくれてありがとう」

紫は心からお礼を言った。

「何言ってんの、紫ががんばったからだよ」

百合恵《ゆりえ》は紫《むらさき》の手をしっかりとにぎりしめる。いつになく、百合恵の力強さを感じる。

「百合恵は腕《うで》のけが、だいじょうぶなの？」

「あのね。昨日《きのう》、病院に行ったら、けがはほとんど治《なお》っているから、運動してもいいってお医者さんに言われたの」

「だからだね。手に力を感じたもん。よかったね。百合恵」

「うん。ありがとう。でも、大会には間に合わないけどね。木村《きむら》先生に話したら、補欠《ほけつ》にエントリーしてくれるって。わたしもがんばるよ」

百合恵は笑《わら》った。そんな百合恵を見て、紫もうれしかった。

陸上大会の前日、練習は早めに終わった。

「みんな、よくがんばったな。今日はゆっくり休んで明日にそなえてください。優勝《ゆうしょう》とか入賞《にゅうしょう》とか考えずに、自己《じこ》ベストをめざしてください。

そうそう、あと、シューズの手入れもしておくこと」

木村《きむら》先生はそう言って苦笑《にがわら》いした。前に、木村先生のシューズのひもが切れて、結果《けっか》が出なかった話を聞いたことがあった。

家に戻《もど》ると、紫《むらさき》は、ランニングシューズの手入れを始めた。ひもをほどき、古い歯ブラシを使って、中に入っている細《こま》かな土や砂《すな》をはらっていく。右が終わり、左のシューズのひもをほどいたとき、ハッとした。

シューズの内側《うちがわ》に書いていた『紫』という名前が消えていた。

急いで右のシューズを見た。右にも『紫』の文字は見えない。

「消えちゃったのかな?」

紫は、何度もシューズを確《たし》かめた。やっぱり、ない。

シューズの外側もじっくりと見る。オレンジ色のシューズ、かかとの反射《はんしゃ》シールが光を受けてキラキラ輝《かがや》いている。

そのとき、紫《むらさき》の頭の中に、あの日のことがよみがえった。

山のお屋敷《やしき》に入ったとき、同じようなシューズがあった。

もしかして、帰るとき、はきまちがえたのではないだろうか。

帰りのことを思い出そうとするが、細《こま》かなことは思い出せない。ただ、こわかった。早く、あの場を離《はな》れようという気持ちだけが先走っていた。

まちがえていたら、どうしよう?

ふと、百合恵《ゆりえ》の顔が浮《う》かんだ。百合恵ならいいアドバイスをくれるか

もしれない。

「お母さん、百合恵《ゆりえ》のところに行ってくる」

「もう夕方になるわよ。明日ではダメなの？」

「明日のことで相談《そうだん》があるの。すぐ戻《もど》るから」

紫《むらさき》は、ランニングシューズを袋《ふくろ》に入れると、家を飛《と》び出した。

「ごめん。百合恵、話を聞いてほしいの」

百合恵は紫を部屋にあげて、話を聞いてくれた。

紫は、あの日のことを話し始めた。

「なんか聞いたことがある。それって、マヨイガの話に似《に》ている」

百合恵が紫を見つめた。

「マヨイガ？」

「そう、『遠野物語《とおのものがたり》』に出てくるお話。昔、フキを取りに行った女の人が、山の中にあるお屋敷《やしき》を見つけるんだけれど、人の気配《けはい》がするのにだれもいなかったんだって。火鉢《ひばち》に火はついているし、やかんのお湯がわいているしね。もしかして、山男の家かもと、こわくなって、逃《に》げ帰ったって話」

『遠野物語』は、紫《むらさき》たちが住む地域《ちいき》に伝《つた》わるふしぎな話や伝説《でんせつ》を集めた本だ。小さなころから絵本を読んだり、語《かた》り部《べ》のおばあさんたちの話を聞いたりしている。

「確《たし》かに、似《に》ているね。だれかいそうな感じがしたところなんか……」

「それでね。そのあとの話なんだけど……。その家にあった器《うつわ》が川に流れてきたんだって。それを拾うと……」

百合恵《ゆりえ》の話を聞きながら、紫は首をかしげた。

そのあと？

なぜだろう。何度も聞いた話なのに、思い出せない……。

「どうなったんだっけ？」

「その器《うつわ》でお米をはかったら、お米が減《へ》ることがなくて、女の人はお金持ちになったって」

「そうだった！　ラッキーな話だよね。……えっ？」

紫《むらさき》は、ハッとした。その器は幸運をもたらしてくれたのだ。百合恵《ゆりえ》が大きくうなずいた。

「紫、気づいたでしょ。そのシューズ、器と同じような幸運を呼《よ》んでくれたのかも」

「うん。なんかストンと胸《むね》に落ちた感じ。おかしいと思ったんだ。どんどん記録《きろく》はのびていくし、このまま優勝《ゆうしょう》できるんじゃないかって思うほど……。ランニングシューズに秘密《ひみつ》があったのかも……」

「でも、それだけじゃないかもよ。紫《むらさき》はがんばって練習したもん。それはわたしが一番よく知っているよ」

「それにしたって、２秒以上《いじょう》も縮《ちぢ》まるかなあ。わたし、このシューズ返しに行った方がいいかな？」

「うーん。どうだろう？　本当にマヨイガなら、紫にシューズをくれるのかもしれないけどね。でも、まちがえたものはそのままにできないよね」

百合恵《ゆりえ》がほほえんだ。

「そうだよね……。やっぱ、返しに行ってくる」

紫は、目を閉《と》じた。

自分のまちがいがわかった以上、シューズを返さなくてはならない。

でも、返したらどうなるだろう？　記録《きろく》が前に戻《もど》って、優勝《ゆうしょう》どころか入賞《にゅうしょう》さえもできないかもしれない。百合恵《ゆりえ》には返すって言ったけど、明日、大会が終わってからにしよう。

紫《むらさき》の心に黒いものが渦巻《うずま》いていた。

百合恵と別《わか》れてから、紫は家に向かおうとした。それなのに、あの日の、あの屋敷《やしき》のことが頭から離《はな》れない。人のよさそうなおばあちゃんの顔が目に浮《う》かぶ。

（ごめんなさい。明日返します）

心の中で唱《とな》える。けれど、ふっとむなしい気持ちになる。

そうまでして、入賞したいの？

百合恵にうそまでついて……。いつだって、相手の心を思いやってくれる最高《さいこう》の友だちなのに。こんなずるい心を持った自分は、百合恵《ゆりえ》の友だちでいる資格《しかく》はない。

たまらなくなって、足の向きを変《か》えた。

山道に入ると、後ろの方から草を踏《ふ》むような音が聞こえてきた。

だれかいるの？

紫《むらさき》はふり返る。

ドクンドクンと心臓《しんぞう》が波打つ。

だれもいない。

風の音かな？　小さな動物が通りすぎたのかも……。

気を取り直して、歩き出す。早くお屋敷《やしき》を見つけなくちゃ。

けれど、山の中は薄暗《うすぐら》くなっていて、お屋敷はなかなか見つからない。

「変《へん》だな。このあたりだったのに……」

確《たし》か、分かれ道でトンボを見かけて、大きな木があるところに出た。この後ろにあったはずなのに、お屋敷《やしき》はどこにも見あたらない。ただ、コケむした木の切《き》り株《かぶ》があるばかりだ。

紫《むらさき》は、ため息をつき、切り株に座《すわ》りこんだ。

すると、草の上にトンボが見えた。もしかしたら、あのときのトンボかもしれない。草を分けるとトンボはパッと飛《と》び立ち、オレンジ色のランニングシューズが現《あらわ》れた。

シューズの内側《うちがわ》には、『紫《むらさき》』の文字。

わたしのシューズだ。

すぐに、袋《ふくろ》からまちがえたシューズを取り出し、草の上にそろえて置《お》いた。

マヨイガは消えてしまったけど、シューズだけは残《のこ》してくれたのだろう。

これでいいんだ。たとえ、大会で入賞《にゅうしょう》しなくたって……。

紫《むらさき》は自分のシューズを胸《むね》に抱《だ》いて、歩き出した。


「五年生女子百メートル走、第二位　第一小学校、清水紫《しみずむらさき》さん、記録《きろく》15秒00」

「はい」

紫は、初《はじ》めて表彰台《ひょうしょうだい》にのぼった。あのシューズをはいて、自己《じこ》ベストを出していれば優勝《ゆうしょう》できたのかもしれない。でも、二位になれた。

自分のランニングシューズをはいて、記録会《きろくかい》にのぞんだ。精一杯《せいいっぱい》走ったから今までで一番よい走りができたと思う。

表彰台から手をふった。応援《おうえん》に来たお母さん、小学校のクラスメイトが立ちあがって拍手《はくしゅ》してくれている。

そのとき、一位の選手《せんしゅ》が呼《よ》ばれた。

「第一位　第一小学校　東野百合恵《とうのゆりえ》さん　記録《きろく》14秒22」

百合恵がにこやかにほほえみ、表彰台《ひょうしょうだい》の一番高いところにのぼった。

紫《むらさき》は、百合恵の晴れがましい姿《すがた》を見ながら、朝からのことを思い出す。


百メートル走に出るはずだった選手のひとりが、熱《ねつ》を出してしまった。

それで、急きょ、補欠《ほけつ》だった百合恵が出場することになったのだ。

予選《よせん》を通過《つうか》し、決勝戦《けっしょうせん》で走る直前に、木村《きむら》先生は言った。

「結果《けっか》を考えるな。ただ、楽しんで走れ」

紫も百合恵もうなずいて、スタートラインに向かった。

スタートダッシュでトップに立った紫は、一心にゴールをめざす。

あのシューズのように軽くはずむ感じはないけれど、しっかりとグラウンドをける感触《かんしょく》が気持ちよかった。

このまま、走れば……。

ゴール前で、紫《むらさき》はハッとした。

だれかにあっというまにぬかれていたのだ。

それが百合恵《ゆりえ》だった。けがをしてあまり練習できなかったはずなのに、やはり実力は自分より上だったんだ。

「おめでとう！　百合恵」

「ありがとう。紫もね」

ふたりはガッチリと握手《あくしゅ》をかわした。

紫は、先に表彰台《ひょうしょうだい》を降《お》りて、百合恵を見つめた。

そのとき、百合恵《ゆりえ》の足もとを見て、凍《こお》りついた。

同じだ。同じオレンジ色のランニングシューズ。

かかとが光を反射《はんしゃ》して、勝ちほこったかのように輝《かがや》いている。はがし忘《わす》れた丸型《まるがた》の反射シールだ。

百合恵は、紫が返したあのランニングシューズをはいていた。

【参考文献】

・柳田国男『口語訳　遠野物語』（河出文庫、２０１４年）
・三浦佑之、赤坂憲雄『遠野物語へようこそ』（ちくまプリマー新書、２０１０年）

青森県《あおもりけん》

あの世とこの世

もえぎ 桃《もも》

初《はじ》めて幽霊《ゆうれい》を見たのは、おばあちゃんちだった。

おばあちゃんの家はぼくの住んでいる青森市《あおもりし》から車で二時間くらいの「むつ市」にある。むつ市は下北半島《しもきたはんとう》という、青森のまさかりの形をした部分の真ん中くらいのところ。

おばあちゃんは優《やさ》しくて大好《だいす》きだったけど、おばあちゃんちの「仏様《ほとけさま》のいる部屋」は大の苦手《にがて》だった。仏間《ぶつま》といって、広い和室で大きな仏壇《ぶつだん》があって、部屋をぐるりと囲《かこ》むように額縁《がくぶち》に入った男の人と女の人の写真が飾《かざ》ってある。白黒の古い写真や着物を着ている人もいて、みんな口をきゅっとしめて、キリッとした顔だ。

「怜《れい》くん、仏様だよ。ごあいさつするべ」

仏様というのは写真の人たちのことで、ぼくたちのご先祖様《せんぞさま》のことだ。おばあちゃんに言われても、ぼくはこわくてこわくて、泣《な》いて仏間に入るのをいやがった。

理由は、写真の中の仏様《ほとけさま》がぼくを見るから。兵隊《へいたい》の服を着た人や、紋《もん》付《つ》きの着物を着たおじいさん。部屋をのぞくと、必《かなら》ずだれかの目がぎょろっと動いて、バチッと目が合う。

「こわいよ、写真が見てくるよ!」

「ははは、仏様も怜《れい》くんのお顔ば見たいんだべ」

おばあちゃんはそう言って笑《わら》ったし、お父さんは「怜はこわがりだなあ」とあきれた。だからぼくは、仏間《ぶつま》に入るときはずっと畳《たたみ》だけを見るようにした。

だれも信《しん》じてくれなかったけど、あれは心霊現象《しんれいげんしょう》というやつだ。ぼくは、生まれつきすごく霊感《れいかん》が強いんだと思う。それからも、五年生になる今まで、何度もこわい体験《たいけん》をしてきた。

一番こわかったのは、家族で十和田湖《とわだこ》に旅行に行ったときのことだ。ぼくはまだ一年生で、自分が霊感《れいかん》少年だと気づいていなかった。

十和田湖は、青森県《あおもりけん》と秋田県《あきたけん》の境《さかい》にある湖で、地図帳《ちずちょう》ですぐ見つけられるほど大きい。お父さんとお母さんと、湖畔《こはん》にある高村光太郎《たかむらこうたろう》という人がつくった「乙女《おとめ》の像《ぞう》」をまず見に行った。

三人で乙女の像を見たあとは、遊覧船《ゆうらんせん》に乗った。十和田湖にはたくさんの小さな島と断崖絶壁《だんがいぜっぺき》があって、お母さんは「き

1953年に完成《かんせい》した十《と》和田湖畔《わだこはん》の乙女《おとめ》の像《ぞう》は、詩人《しじん》・彫刻家《ちょうこくか》である高村光太郎《たかむらこうたろう》の最後《さいご》の彫刻作品《ちょうこくさくひん》となった。

れいねえ」を連発《れんぱつ》していた。

お父さんもお母さんも、ほかのお客さんも、みんな楽しそうだった。だけどぼくは、ずっとついてくる女の人が気になって、それどころじゃなかった。女の人は乙女《おとめ》の像《ぞう》を見ていたときに湖からあがってきて、びしょぬれだった。それからずっとついてきている。最初《さいしょ》は遠くにいたのに、ふり返って見るたびにだんだん近づいてきて、とうとう船の上では真後ろまで来た。

なんで、みんな知らんぷりしてるんだろう？　だってその人はびしょびしょで、濡《ぬ》れた長い髪《かみ》がぺったり顔にはりついていて、顔は真っ白で。背筋《せすじ》がゾワッとして、すごく落ち着かなかったのを覚《おぼ》えてる。

見ちゃいけない、見ちゃいけない。そう思うんだけど、どうしても気になってちらりと見てしまった。するとその人は、ニタニタ笑《わら》いながら、何か話しかけたそうに口を開いた。

ぼくはサッと目をそらし、お母さんにギュッと抱《だ》きついた。

「……ねえお母さん、ぼくもう帰りたい」

「あら怜《れい》。船に酔《よ》っちゃったの？」

こくこくとうなずくと、お父さんは「仕方ないなあ」と言いながら船を下りたら帰ることになった。

お父さんは不満《ふまん》そうだったけど、ぼくは車の中まであの人がついてきたらどうしようと、こわくてこわくてたまらなかった。


それから、おととし、三年生のとき。城ケ倉大橋《じょうがくらおおはし》に行ったときも、こわかった。城ケ倉大橋は山のふもとにある大きな橋。お父さんによると、山と、渓流《けいりゅう》と、青森市《あおもりし》が見わたせる絶景《ぜっけい》ポイントで、特《とく》に紅葉《こうよう》の季節《きせつ》は

アーチの上に道路がある橋（上路式《じょうろしき》アーチ橋《きょう》）として日本一の長さ、全長360mをほこる城ヶ倉大橋《じょうがくらおおはし》。手つかずの豊《ゆた》かな自然《しぜん》が残《のこ》された谷底《たにそこ》の城ヶ倉《じょうがくら》渓流《けいりゅう》までの高さは122mもある。

たくさんの人がおとずれるそうだ。

「今が紅葉《こうよう》の見ごろらしい。ドライブでも行くか！」

「いいわね」

「やったあ！　ドライブだ！」

城ケ倉大橋《じょうがくらおおはし》に着くと、橋は大きくて長くて、青森市《あおもりし》が一望《いちぼう》できて、すごく気持ちよかった。赤や黄色の木々がせまってくるみたいにきれいで、お父さんとお母さんは大よろこびしていたし、ほかにも紅葉を観《み》に来ている人たちがたくさんいた。

「ほら怜《れい》、高いぞ！　谷底《たにぞこ》まで百メートル以上《いじょう》あるそうだ」

お父さんに言われ、おそるおそる橋の下をのぞいたとき。吸《す》いこまれるような高さに、鳥肌《とりはだ》が立って、背中《せなか》がゾワゾワした。

「なんだかいやだなあ……」

そう思っていると、橋の下から「オーイ」と声がした。

オーイ、オーイ……。

何度も男の人が呼《よ》んでいる。下に目をこらしても木が邪魔《じゃま》で、人の姿《すがた》は見えない。

（だれか落ちたのかな……？　だとしたら大変《たいへん》だ）

そう思ったけど、お父さんはちっとも気にするようすもなく、お母さんと青森市《あおもりし》の方をながめて「うちはあのへんかな？」なんて言ってる。

ほかの人たちも同じで、スマホで写真を撮《と》るばかりで、「オーイ」と呼《よ》ぶ声はまるで無視《むし》。ぼくは直感で、この声に返事をしちゃいけないと思い、そっと橋の欄干《らんかん》から離《はな》れた。

パソコンで検索《けんさく》できるようになってから知ったんだけど、十和田湖《とわだこ》には、幽霊《ゆうれい》の目撃談《もくげきだん》がたくさんあるそうだ。昔、十和田湖で心中《しんじゅう》した人がいて、その霊が出るらしい。

城ケ倉大橋《じょうがくらおおはし》も、幽霊のうわさがたくさんあった。だから、ぼくが聞いたあの声は、死んだ人の声だったんだと思う。

もし、あの女の人と会話していたら？　オーイと呼ぶ声に返事をしてしまっていたら？　想像《そうぞう》するだけでゾッとする。

だいたい青森県《あおもりけん》は、観光《かんこう》スポットがそのまま心霊スポットになっている場所が多すぎる。一番は、八甲田山《はっこうださん》だ。

東北地方《とうほくちほう》には奥羽山脈《おううさんみゃく》という山の連《つら》なりがあって、その端《はし》っこが八甲田山《はっこうださん》。青森県《あおもりけん》のほぼ中央にあって、重なるように続《つづ》いているたくさんの山々を、まとめて八甲田山と呼《よ》んでいる。

青森市のどこからでも見えて、緑いっぱいのときも、雪で白いときも、八甲田山はきれいだ。萱野高原《かやのこうげん》とか雲谷《もや》スキー場《じょう》とか、すごく楽しい。温泉《おんせん》も遊び場もたくさんあるから、バーベキューやキャンプといえば、八甲田山に行く。

でも、これもネットで調べるとすぐわかるけど、八甲田山は日本有数の心霊《しんれい》スポット。八甲田山では、明治《めいじ》三十五年に「八甲田雪中行軍遭難《はっこうだせっちゅうこうぐんそうなん》事故《じこ》」で、百九十九人が死んでいる。世界最大級《さいだいきゅう》の登山遭難事故といわれていて、映画《えいが》にもなった。この事故で死んだ兵隊《へいたい》さんたちが今でも行軍しているといううわさは昔からあって、幽霊《ゆうれい》たちの行軍がテレビカメ大雪の中、仮死状態《かしじょうたい》で最初《さいしょ》に見つかった後藤房《ごとうふさ》之助伍長《のすけごちょう》の姿《すがた》といわれる雪中行軍遭難記念像《せっちゅうこうぐんそうなんきねんぞう》。

ラで撮影《さつえい》されて、すごく話題になったこともあるそうだ。

そして去年、ぼくはとうとう見てしまった。友だちの家族と八甲田《はっこうだ》山《さん》の萱野高原《かやのこうげん》に遊びに行ったんだけど、途中《とちゅう》で後藤房之助伍長《ごとうふさのすけごちょう》の銅像《どうぞう》を見によった。これは雪中行軍遭難記念像《せっちゅうこうぐんそうなんきねんぞう》とも呼《よ》ばれていて、死んだ百九十九人の兵隊《へいたい》さんの上官《じょうかん》の銅像。でもぼくはすぐあきてしまい、先に車に戻《もど》った。

そのときはもう夕方で、疲《つか》れて少しうとうとしたらしい。背中《せなか》がゾワッとして目がさめたときには、外が暗かった。

「あれ？　もう夜？」

さっきまで明るかったのに、おかしい。それにだれも戻《もど》ってきてなくて、車の中にはぼくひとり。ぞわり。鳥肌《とりはだ》が立った。まるで、ぼくだけ異世界《いせかい》に飛《と》ばされてしまったような……。

ヤバい！　そう思ったときには、ザッザッザッ！　という大人数の足音。まるで、大勢《おおぜい》の兵隊《へいたい》が行進しているような重い振動《しんどう》だ。耳をふさいでも足音はどんどん大きくなる。

ザッザッザッ！

どうしよう、車のそばまで来ている。ぼくは気配《けはい》が通りすぎるまで、気づかれないように身を縮《ちぢ》め、目をつぶってガタガタとふるえ続《つづ》けた。

「怜《れい》、寝《ね》てるの？」

お母さんの声にふたたび目を開けたときには、もとの日常《にちじょう》に戻《もど》っていて、泣《な》きたくなるくらいホッとした。

そんなことが何度もあって、幽霊《ゆうれい》がいる場所に近づくと、鳥肌《とりはだ》が立ち、背中《せなか》がゾワッと冷《つめ》たくなることがわかった。

クラスの女子の中には「わたし、霊感が強いから」とじまんげに話す子がいるけど、こんなのじまんにもなんにもならない。ぼくにとってはひたすらこわいだけで、背中がゾワゾワしたらダッシュで逃《に》げるか、下を向いて、幽霊が見えないようにする。

それでもときどき〝この世のものじゃないもの〟を見てしまうことがある。おかげでぼくはすごくこわがりになってしまった。いまだに夜はひとりでトイレに行けないし、だれもいない教室や、黄昏《たそがれ》どきの公園もこわい。おばけ屋敷《やしき》もホラー映画《えいが》もだめだ。

そんなぼくを、お父さんは「来年は六年生になるんだぞ。しっかりしろ」としかる。お父さんは幽霊なんて信《しん》じてないから、ぼくがビビりで男らしくない、くらいにしか思ってないんだ。

「でも幽霊《ゆうれい》が」なんて言おうものなら、「幽霊の正体《しょうたい》見たり枯《か》れ尾花《おばな》といってな。こわいこわいと思っていると、枯れたすすきでも幽霊に見えるんだぞ」と説教《せっきょう》されたりする。

そりゃ、ぼくはゲームが好《す》きで、運動も得意《とくい》じゃなくて、しかもこわがりときてる。もっとたくましく強くなれ！　というお父さんの気持ちはわかる。でも、どんなに説教されたって、こわいものはこわい。だから、幽霊が出そうなところには近づかない。そう決めていたのに……。

ぼくは今、人生最大《さいだい》のピンチにおちいっていた。

「まったく、怜《れい》はどうしてそんなにこわがりなんだ！　そんなんじゃこの先やってけないぞ、まったく情《なさ》けないなあ」

夕飯《ゆうはん》のあと、テレビを観《み》ていたお父さんのきげんが、みるみる悪くなる。

「せっかく青森《あおもり》に住んでいるんだから行きましょう。おばあちゃんもよろこぶわ。恐山《おそれざん》は、こわくないわよ。逆《ぎゃく》にすごいパワースポットなんだから」

お母さんも、ぼくの説得《せっとく》に必死《ひっし》だ。

「恐山はね、一二〇〇年前に慈覚大師円仁《じかくだいしえんにん》というお坊《ぼう》さんが開いた日本《にほん》三大霊場《さんだいれいじょう》の一つなの。霊場は、お寺とか神社とかご利益《りやく》のある場所のことよ。だから恐山は、外国から観光客《かんこうきゃく》がたくさん来るくらい人気なの」

恐山。お母さんがどんなに「こわくないわ」「人気なのよ」と言っても、ぼくは「行きたくない！」と抵抗《ていこう》した。理由は、日本最大級《さいだいきゅう》の心霊《しんれい》スポットだから。

恐山《おそれざん》は下北半島《しもきたはんとう》の、おばあちゃんの家より北にある。そのおばあちゃんが去年、病気で死んでしまった。亡《な》くなる前、しきりに「死ねばお山さ行ぐ」と言っていた。死んだら、魂《たましい》は山へ行く。それがこの恐山《おそれざん》のことで、下北では死ぬとみんな恐山に行くと言《い》い伝《つた》えられているそうだ。恐山はあの世とこの世の境目《さかいめ》で、死者の魂が集まる場所。

「明日、おばあちゃんに会いに、恐山に行こう」

夕飯《ゆうはん》が終わってお父さんがそう言ったときに、ぼくはつい「やだよ！こわいよ！」とさけんでしまった。だって、死んだ人が集まる山なんて、どれだけの幽霊《ゆうれい》がいるかわからない。

でもこの発言がお父さんを怒《おこ》らせてしまい、最後《さいご》はとうとう「行かないなら、もうゲーム禁止《きんし》だ！」と言われ、ぼくはしぶしぶ承知《しょうち》した。

翌日《よくじつ》、青森市《あおもりし》から恐山までは三時間近くかかるので、朝早くに出発した。昨日《きのう》の夜はこわくてなかなか眠《ねむ》れなかったせいで、恐山《おそれざん》まではぐっすり。目がさめたら、もう駐車場《ちゅうしゃじょう》だった。

「……ここが、恐山……」

朝起きて車に乗ったところまでは確《たし》かに「この世」にいたのに、車を降《お》りたとたんに、何かがちがう。広くて灰色《はいいろ》の空。乾燥《かんそう》して冷《つめ》たい空気。夏なのに肌寒《はだざむ》くて、ちらほらと人はいるけど、敷地《しきち》が広いのでがらんとしている。

ぼくは、こわいものが見えないようになるべくうつむいて、コンクリートの地面だけを見て歩いた。ゾワゾワするけど、鳥肌《とりはだ》なのか、山で寒いからなのか、よくわからない。

「これは六大地蔵《ろくだいじぞう》だ。世の中の人の苦しみを救《すく》ってくれるお地蔵様だ」

お父さんに言われて顔をあげると、巨大《きょだい》なお地蔵様が、ずらりと並《なら》んでいた。ふつうのお地蔵様《じぞう》とは全然《ぜんぜん》ちがう。石の台の上に座《すわ》っているんだけど、見あげるほど大きくて、あの世の入口に来た気分になる。

立派《りっぱ》な山門《さんもん》をくぐって境内《けいだい》に入ると、さらにまた空気が変《か》わった気がした。

「お寺は恐山菩提寺《おそれざんぼだいじ》といってな、境内に温泉《おんせん》があるんだぞ」

温泉？　そういえば、ツンとした温泉のにおいがする。参道《さんどう》の両わきにほっ立て小屋があって、なんとそれが温泉だった。

「あれは湯小屋《ゆごや》で、中に風呂《ふろ》があるんだ。お寺の中に温泉だなんて変わってるだろう？　恐山は活火山《かっかざん》で、温泉は火山が生きている証拠《しょうこ》だな」

「活火山？　ここ火山なの？」

「ああそうだ。大昔に噴火《ふんか》があって、それで恐山ができたんだよ」

お父さんによると、恐山という名前の山があるわけではなく、噴火でできた釜臥山《かまふせやま》をはじめ、剣山《つるぎのやま》、地蔵山《じぞうやま》、大尽山《おおづくしやま》、小尽山《こづくしやま》などの山や、その山々に囲《かこ》まれた盆地《ぼんち》をまとめて恐山《おそれざん》と呼《よ》ぶそうだ。

参道《さんどう》の先には「地蔵殿《じぞうでん》」という建物《たてもの》があり、お参《まい》りして終わりかと思ったら、さらにその先があるらしい。

「さあ、じゃあ地獄《じごく》へ行こうか」

「地獄!?」

冗談《じょうだん》かと思ったけど、お寺のわき道の先には、本当に地獄みたいな風景《ふうけい》が広がっていた。岩だらけで、どこまでも続《つづ》く石ころの丘《おか》。灰色《はいいろ》の石と灰色の空がまじり合って、寒々しい。

「ここから、地獄をめぐって最後《さいご》は極楽《ごくらく》に行けるんだ」

地獄から極楽？　お父さんとお母さんは何度も来ているらしく、まるで山登りみたいなノリで歩き出す。

でもぼくは、こわい夢《ゆめ》の中にいるようなふしぎな感覚《かんかく》に、足がすくんで一歩も踏《ふ》み出せないでいた。すると、お父さんが戻《もど》ってきてぼくの背《せ》中《なか》をバン！　と叩《たた》いた。

「怜《れい》、しっかり歩け！　まったく、こんな程度《ていど》でこわがって……」

「歩くよ！　ちょっと疲《つか》れただけだし」

またお父さんのきげんをそこねるといやだと思い、なるべくうつむいて、地面だけを見ながら歩き出した。

ゆるやかな坂には大きな岩がごろごろしている。白っぽくてスカスカで、まるで骨《ほね》みたいでおどろおどろしかった。その石の間に、ときおり、色とりどりの風車《かざぐるま》がまわっていた。あの、フーッと吹《ふ》くと、くるくるまわる風車。灰色《はいいろ》の中に、カラフルな風車が異様《いよう》だった。どうしてこんなところに風車が？　いったい、なんのためにあるんだろう？

石だらけで草がほとんど生《は》えてなくて、山なのに緑がない。虫もいないし、もくもくと水蒸気《すいじょうき》があがっているところもある。

死ねばお山さ行ぐ。

おばあちゃんはそう言っていた。

ふっと、白い着物を着たおばあちゃんが、この道をゆっくりと歩いていく情景《じょうけい》が浮《う》かんだ。真っ白い髪《かみ》の毛で、背《せ》を丸めて、はだしで白い骨《ほね》を踏《ふ》みながら……。

ぷるぷると頭をふって、そのイメージを追いはらった。あの優《やさ》しいおばあちゃんがこんなところにいるなんて、考えるだけでいやだった。

さらに進むと大きなお地蔵《じぞう》様がいて、そこからはゆるやかな下り。次第に緑が増《ふ》え、平らな場所に出た。地獄《じごく》をぬけて、またちがう世界にやってきたみたいだ。

「なんだこれ……？」

地面の上に、ところどころ石が積《つ》まれた小山があった。地獄《じごく》のところにもこんなふうに石を積んでいるところがあったけど、どんな意味があるんだろう？

「ここが賽《さい》の河原《かわら》だ」

お父さんがぼくが追いつくのを待って、説明《せつめい》してくれた。

「賽の河原は、あの世とこの世の境界《きょうかい》で、親よりも先に死んだ子どもの魂《たましい》が来る。子どもはここで、石を拾って積みあげ、石の塔《とう》をつくるんだ。でも、完成《かんせい》する前に鬼《おに》がやってきて、せっかくつくった石の山をくずしてしまう。お地蔵様《じぞうさま》は、そんな子どもたちを救《すく》ってくれるんだよ」

「え？　死んだ子どもがこれをつくってるの？」

ビクッとしてしまう。

「いや実際《じっさい》には、ここをおとずれた人たちが、積《つ》み石《いし》といって供養《くよう》の気持ちで石を積んでいるんだよ。昔は幼《おさな》くして死ぬ子どもが多かったからね。子どもにかぎらず、死者を思って、そういうことをするようになったんだ。風車も、お供《そな》えものとして花のかわりに置《お》くそうだ」

積み石。供養の気持ち。恐山《おそれざん》のここに来れば会えると思って、たくさんの人がおとずれて、積み石をしたんだ……。

そのとき、ゾワッと背筋《せすじ》に冷《つめ》たいものが走った。あわてて九十度に首を曲げて下を向く。こわがっているのがばれないようにわざとゆっくりと歩くと、お父さんが「さあー、もうすぐだ！」とはりきって歩き出したのでホッとする。

ちらりと視界《しかい》のすみに、石の小山が見える。子どものうちに死んで、こんなところで石を積むしかないなんて、かわいそうだ。あの世では子どもが石を積《つ》み、この世では子どもを思って親が積んでいるんだと思ったら、心の中が、シンと静《しず》かになった。

幽霊《ゆうれい》はこわいけど、きっと死んだ子の親は、幽霊でも会いたいと思うんだろうな。だから、恐山《おそれざん》まで来るんだ。お山に行くと、死んだ人に会えると思うから。

そのとき、しんみりとした雰囲気《ふんいき》をこわす、けたたましい笑《わら》い声《ごえ》がひびいた。

「ハハハ!」

「オーケー!」

思わず顔をあげると、観光客《かんこうきゃく》らしい外国人のカップルがいた。金髪《きんぱつ》の大柄《おおがら》な男の人と、サングラスをかけた髪《かみ》の長い女の人で、タンクトップに短パン。男の人はスマホを持って、しきりに写真を撮《と》っている。

「あ！」

ぼくは女の人が手に持っているものを見て、心臓《しんぞう》が止まるほどびっくりした。風車だ。赤とピンクの風車を顔のそばによせたり、フーフー吹《ふ》いてまわしたりしている。SNS《エスエヌエス》にのせるつもりなのか、モデルっぽくポーズを決め、それを男の人がスマホで撮《と》っていた。

「だめだよ！」

とっさにさけんでいた。あの風車は死んだ子への思いがこめられたもの。つまり、死んだ子のものなんだ。

「ストップ！　ストーップ！」

そのふたりがぼくのほうを見る。

「ええと……ノー！　ドンツ、テイク！」

手でばってんをつくり、塾《じゅく》で習ったばかりの英語をさけんだ。「持っていくのはだめ」という意味だ。そして、もう一度大きな声で「ノー！」

ふたりはしばらくポカンとしていたけど、女の人は「ディス？」と風車をぼくに向けた。

「イエス！　それは……ええと、キッズのゴーストへのプレゼントなんだから、持っていっちゃだめだよ！」

英語でもなんでもないけど、伝《つた》わったのか、女の人が「オウ！」とさけんで、写真を撮《と》っていた男の人とペラペラ話している。それから「ソーリー」と言って、歩い

ていった。風車をもとの場所に戻《もど》してくれるらしい。

とりあえず、よかった……。安心したと同時に、ブルッと体にふるえが走った。

バシン！

「わあっ！」

とつぜん、背中《せなか》を思いっきり叩《たた》かれて飛《と》びあがるほどビビった。

「えらいぞ、怜《れい》！」

「お父さん……？」

それからガシガシと、ぼくの髪《かみ》の毛がぐしゃぐしゃになるまで頭をなでまわした。

「ちゃんと注意できて、怜はすごいわね」

いつのまにかお母さんも戻《もど》ってきていて、ニコニコしてぼくの肩《かた》をポンポンと叩《たた》く。どうやら、ぼくが観光客《かんこうきゃく》に注意したことを、ほめてくれてるらしい。

「ほら、背筋《せすじ》をのばせ！　この先に、おばあちゃんがいるぞ！」

また背中《せなか》を叩かれ、お父さんが指さした方を見ると……。ぼくは、地獄《じごく》を見たときより、びっくりした。

いつのまにか雲が晴れて日が差《さ》し、空は青い。その下に、エメラルドグリーンの海と白い砂浜《すなはま》が広がっていた。今まで灰色《はいいろ》だった世界が、美しい景色《けしき》に一変《いっぺん》している。

「宇曽利山湖《うそりやまこ》だ。噴火《ふんか》のあとに山頂《さんちょう》がくずれてできたカルデラ湖だよ」

「すごい！　なんでこんな色なの？」

海みたいだけど、湖なんだ。近くに行くと、水は透明《とうめい》で浜《はま》の砂《すな》は白くて、うっとりするくらいきれいだった。

白砂《はくしゃ》の極楽浜《ごくらくはま》とエメラルドグリーンに輝《かがや》く宇曽利山湖《うそりやまこ》の湖面、硫黄《いおう》で黄色く染《そ》まった川の水などが、極楽浄土《ごくらくじょうど》を思わせる独特《どくとく》の神秘的《しんぴてき》な景観《けいかん》をなしている。

荒涼《こうりょう》とした地獄《じごく》の目と鼻の先に、こんな世界があるなんて。あまりにもちがいすぎて、現実《げんじつ》とは思えない。

「湖の底《そこ》から硫化水素《りゅうかすいそ》というガスが出ていて、そのせいだよ。水がまるで酢《す》みたいな強い酸性《さんせい》で、生きものがほとんど生息できないから、水も汚《よご》れない。ここには『宇曽利山湖《うそりやまこ》のウグイ』という特別《とくべつ》な魚しかすめないらしい」

水が酢みたいな湖があるだなんて、初《はじ》めて知った。

「ここは極楽浜《ごくらくはま》というんだ。おばあ

ちゃんはこの先の極楽浄土《ごくらくじょうど》にいるんだろうなあ」

お父さんはそう言うと、両手を静《しず》かに合わせた。お母さんも手を合わせ、ぼくも急いで手を合わせる。極楽浄土がどういうところかわからないけど、おばあちゃんがこんなにきれいなところにいるんだとしたら、ぼくもうれしいと思った。

「地獄《じごく》、賽《さい》の河原《かわら》、極楽、それから三途《さんず》の川《かわ》も、恐山《おそれざん》にはあるんだ。信《しん》仰《こう》の場として、とてもたいせつにされてきた場所なんだよ。だから恐山では昔から、石や風車を持ち帰ったり、さわいだりして失礼《しつれい》なことをすると、罰《ばち》があたるといわれている。お父さんの友だちも昔、ここでツバをはいて、急に具合が悪くなったことがあってな」

「えっ、そうなの!?」

「ところが、これにはからくりがある。すべてにちゃんとした理由があるんだよ」

お父さんが急にまじめな顔になる。

「スカスカの不気味《ぶきみ》な岩がたくさんあっただろう？　あれは、噴《ふ》き出した高温の温泉《おんせん》が石の成分《せいぶん》をとかして、ああいう形になる。それから、あそこだけ噴気《ふんき》といって、火山性《せい》のガスがいたるところで出てるんだ。だから植物が生《は》えない。植物が生えないくらいの有毒《ゆうどく》ガスだから、人間が吸《す》うと頭痛《ずつう》がしたり、具合が悪くなったりする」

もくもくとあがる水蒸気《すいじょうき》は、実は硫化水素《りゅうかすいそ》という成分も含《ふく》んでいて、体に悪いんだそうだ。

「昔の人は有毒ガスを知らなかったから、天罰《てんばつ》だと考えたんだろうね。それに風車のお供《そな》えものは、噴気や風で有毒ガスが広がっている危険性《きけんせい》を知らせるため始まったともいわれている」

青森県《あおもりけん》

恐山《おそれざん》は火山の噴火《ふんか》という自然現象《しぜんげんしょう》がつくった。それがたまたま、人間が考えるあの世に似《に》ていて、だから信仰《しんこう》の場になった。つまり、天罰《てんばつ》というのは実際《じっさい》にはないんだとお父さんは言った。

なんとなく、お父さんが言いたいことはわかった。ぼくは幽霊《ゆうれい》をこわがるけど、すべて科学的《かがくてき》な理由があるから、いたずらにおそれなくていい。たぶん、そういうことを伝《つた》えたいんだと思う。

「でもな。科学で解明《かいめい》された今も、人は死ねばお山に行くと信《しん》じてるし、生きてる人は、死んだ人に会いにここに来る。お父さんもそうだよ。おばあちゃんがここにいるかどうかじゃなく、おばあちゃんに会いたいと思う心が、ここで救《すく》われるような気がするんだ」

お父さんはそう言ってもう一度、静《しず》かに手を合わせた。

こうして、ぼくらは地獄《じごく》めぐりを終えた。

帰りの車の中で、お父さんもお母さんもずっときげんがよかった。

「怜《れい》はきちんと注意ができて、勇気《ゆうき》があるなあ。たよりないと思ってたけど、とっさに言えるなんてえらいぞ。地元の人なら当然《とうぜん》わかっていることでも、海外の人は何も知らないから、ああやってはしゃいじゃうんだろうな」

「ほんとほんと。おばあちゃんも、成長《せいちょう》した怜を見てきっとよろこんでるね」

ぼくはあいまいに笑《わら》うしかなかった。本当のことはとても言えなかったから。ビビリのぼくが、あのふたりに注意した理由は……賽《さい》の河原《かわら》にいた子どもたちが、すごく悲しそうだったからだ。

小さくて、黒い霞《かすみ》のような影《かげ》。それがゆらゆらと揺《ゆ》れて、あの外国人のふたりを囲《かこ》んでいた。パシャッと写真を撮《と》る音がするたびに、その影《かげ》はふたりに近づいていき、ついには足にしがみついた。何をしたいのかはよくわかった。きっと、あの風車を取り戻《もど》したいんだ。

ぼくが「だめだよ!」とさけんだのは、子どもの黒い手があの女の人の首にのびたからだ。あの光景《こうけい》を、科学的《かがくてき》に解明《かいめい》なんてできやしない。

あのカップルは、ちゃんと風車をもとの場所に戻《もど》しただろうか?

噴《ふ》き出すガスを吸《す》って、具合が悪くなっていないだろうか?

賽《さい》の河原《かわら》の子どもたちは、許《ゆる》してくれたのだろうか……?

車の窓《まど》の外はまたどこまでも灰色《はいいろ》で、ぼくは目を閉《と》じて何度も眠《ねむ》ろうとしたけど、ちっとも眠れなかった。

福島県《ふくしまけん》

ゆがんだ愛《あい》の、その先

（安達ケ原《あだちがはら》の鬼婆《おにばば》）

吉田《よしだ》 桃子《ももこ》

どの地域《ちいき》にも、古くから伝《つた》わるおそろしい物語というものがある。

しかし、年月がすぎ、時代が進化していくにしたがって、人々はだんだんとその古い物語を信《しん》じなくなっていく。

今を生きる人間は、もう古い物語におどろいたりしないから……。

それでも、古い物語は消えない。

その形を少しずつ変《か》え、今も人々の心のすきまにするりとしのびこみ、恐怖《きょうふ》の道づれにするのを手ぐすね引いて待っている。

ほら、それは、すぐそこに……。

うそでしょ……！　なんで、わたしが！

下校しようと上ばきからスニーカーへはきかえようと昇降口《しょうこうぐち》へ来た春《はる》陽《ひ》は、目に飛《と》びこんできた光景《こうけい》に息をのんだ。

スニーカーをしまってある靴箱《くつばこ》には、一冊《さつ》の本が入っている。

その本に、おそるおそる手をのばす。

――『安達ケ原《あだちがはら》の鬼婆《おにばば》』

本当なら、図書室の本棚《ほんだな》におさまっているその本が、なぜ、春陽の靴箱に入れられていたのか。

その意味は……。

――次の呪《のろ》いはおまえの番。

ここ、福島県《ふくしまけん》には、古くから伝《つた》わる「安達ケ原《あだちがはら》の鬼婆伝説《おにばばでんせつ》」がある。

昔、人里離《はな》れた安達ケ原には優《やさ》しい老女《ろうじょ》のふりをした鬼婆が住んでいて、親切に旅人を泊《と》めると、その人が寝《ね》ている間にその肉体を喰《く》ってしまったというものだ。

春陽《はるひ》たち六年生は、去年の遠足で、その伝説の舞台《ぶたい》となった二本松市《にほんまつし》へ行った。鬼婆をモチーフにした施設《しせつ》にも立ちより、展示《てんじ》や資料《しりょう》も見た。どの子も「ふーん」といった感じで、こわがっている子はだれもいなかった。

それもそのはず、今は鬼婆よりもこわい物語は世の中にあふれているし、まるで目の前に恐怖《きょうふ》が迫《せま》っているような疑似体験《ぎじたいけん》ができる。

おそろしい鬼婆《おにばば》の絵の前でも、春陽《はるひ》たちは、きゃっきゃっとはしゃいでいた。

しかし、遠足から一か月がたったころ、春陽たちの間できみょうなウワサ話が流れ出した。


――図書室にある『安達ケ原《あだちがはら》の鬼婆《おにばば》』という本を手にした者は、鬼婆の呪《のろ》いを引き受けなくてはならない。


もう何十年も前から図書室にあるその本は、ぼろぼろで、ある日、とつぜん、なんの知らせもなくロッカーや靴箱《くつばこ》に入れられているという。

本来、図書室の本は勝手に持ち出してはならないので、もちろん、だれかが仕組んだいたずらだ。

しかし、実際《じっさい》、この本を手にした子は、忘《わす》れものや、遅刻《ちこく》など、その身になんらかのトラブルがふりかかっていた。それくらいならまだいいが、春陽《はるひ》と同じクラスの男子が、ある日、下校中、交通事故《じこ》にあった。腕《うで》を骨折《こっせつ》し、痛々《いたいた》しいギプス姿《すがた》で教室に現《あらわ》れた男子は、こう言った。

「だれだよ！　おれのロッカーに『鬼婆《おにばば》』の本を入れたのは！」

教室は騒然《そうぜん》となった。

――あの交通事故は、鬼婆の呪《のろ》いだ。いたずらが、本当の呪いになった！

だれもがそう思い、信《しん》じてやまなくなった。

それも、最初《さいしょ》は忘《わす》れものや遅刻《ちこく》ですんでいた呪《のろ》いは、どんどんスケールアップしているようにも思える。

そうなると、交通事故《じこ》の次は……。

ぐずぐずしている場合じゃない！　この本を、だれかの靴箱《くつばこ》に入れて、わたしのところには、なかったことにしないと！

春陽《はるひ》が本をクラスメイトの靴箱に入れようとしたときだった。

「あれ、春陽ちゃん、まだ帰ってなかったんだー」

その声に、春陽はとっさに本を自分の手さげバッグに隠《かく》した。

声をかけてきたのは、同じクラスで家もとなりどうしという、幼《おさな》なじみの野乃花《ののか》だった。

「ちょうどよかった。いっしょに帰ろうよ」

「う、うん」

今ならまだ間に合う、忘《わす》れものをしたとか、なんでもいいから校舎《こうしゃ》に引き返して、呪《のろ》いの本をなんとかしなくちゃ。

頭ではわかっているのに、春陽《はるひ》は、行動にうつすことができなかった。

それくらい気が動転していたのだ。

「ねえ、春陽ちゃん、アリー、元気になった？」

帰り道、野乃花《ののか》が春陽にたずねてきた。

「うん。そろそろ、散歩《さんぽ》に行ってもいいって獣医《じゅうい》さんも言ってた」

「ほんと？　よかった」

春陽の家では、ゴールデンレトリバーを飼《か》っている。アリーといって、春陽が生まれる前から家にいる老犬《ろうけん》だ。

十五歳《さい》という年齢《ねんれい》もあって、アリーは、最近《さいきん》体調をくずしていた。かかりつけの獣医さんからも、しばらく、散歩はひかえてよく休ませるように、と言われていたのだ。
「またチョコといっしょにお散歩《さんぽ》しようね」
野乃花《ののか》が言って、春陽《はるひ》も「うん」とうなずく。
チョコ、というのは野乃花の家で飼《か》っているシーズーだ。年を取って
ゆったり動くアリーとちがい、こちらはやっと一歳《さい》になったばかり。い
つも庭でコロコロところげまわっているやんちゃざかりだ。
「じゃあね、ばいばーい」
となりどうしの家に住むふたりは、おたがい、玄関《げんかん》のドアを開けなが
ら手をふって別《わか》れた。
ドアが閉《し》まり、春陽は、ふう、とため息をついた。浮《う》かない顔で手さ
げバッグに視線《しせん》を落とす。
とうとう、本を持ったまま、家に帰ってきてしまった。

「春陽《はるひ》、おかえり。今日、動物病院に行ってきてね、アリー、明日から散歩《さんぽ》に行けそうだよ」

玄関《げんかん》にやってきたお母さんが言った。

「ほんと？　アリー！」

ゆううつな気分は一瞬《いっしゅん》で吹《ふ》き飛《と》んだ。

春陽は急いで家にあがると、リビングにいるアリーのもとへ向かった。

「よかったね、アリー。そうだよね。アリーはまだまだ元気だもんね」

ケージの中にいるアリーは、はっ、はっ、と息をはずませている。

笑《わら》っているように見えて、春陽は、アリーのこの顔が大好《だいす》きだ。

「そうだ、お父さん、今日、残業《ざんぎょう》なしになったんだって。だから、夕ご飯《はん》は焼《や》き肉《にく》にするから」

お母さんが言った。

お菓子《かし》工場につとめているお父さんは、ここのところ大いそがしだ。何やら、お父さんたちがつくっているお菓子が話題になり、生産数を増《ふ》やすことになったという。いつも残業《ざんぎょう》だらけで、いっしょに夕ご飯《はん》を食べるのはひさしぶりだ。だが、その分、臨時《りんじ》ボーナスも支給《しきゅう》されるということで、お父さんとお母さんはよろこんでいた。

「いただきます」

「お肉、いーっぱいあるからね」

「わーい、やったー」

家族みんなでかこむご飯は、やっぱり特別《とくべつ》においしく感じる。

そのうえ、大好《だいす》きなアリーはもっと、もっと長生きできる予感がする。

「そうだ、春陽《はるひ》、ボーナスが出たら何かほしいもの、買ってやるぞー」

お父さんが言った。

「ほんとー？　わたしね、ちょうど新しいバッグとブーツがほしかったの」

やったね。今日は、なんだかツイてるみたい。すっごくラッキー。

いつのまにか春陽は、呪《のろ》いの本のことなんかすっかり忘《わす》れてしまった。

『安達ケ原《あだちがはら》の鬼婆《おにばば》』を入れた手さげバッグも、春陽の部屋のすみに置《お》かれたまま、日々がすぎていった。

三時間目、国語の授業《じゅぎょう》をしているときだった。

「授業の途中《とちゅう》ですみません」

小学校の事務員《じむいん》、高橋《たかはし》さんが教室に入ってきた。

高橋さんは、担任《たんにん》の吉井《よしい》先生にこそこそと何か話している。吉井先生の顔色がさっと変《か》わった。

「春陽《はるひ》さん」

とつぜん、吉井先生に名前を呼《よ》ばれ、春陽はドキンと息をのんだ。

「今、お母さんが迎《むか》えに来ているから、帰る支度《したく》をして」

「えっ」

教室がざわめく。

「先生、どうしてですか!?」

春陽でなく、クラスメイトが吉井先生に質問《しつもん》した。

「ちょっと、おうちの用事でね。さっ、春陽《はるひ》さん、先生といっしょに行きましょう」

わけがわからないまま、春陽はランドセルを背負《せお》い、吉井《よしい》先生といっしょに教室を出た。

なんなの？

でも、いやな予感がする。

ドキン、ドキン……。

全身が心臓《しんぞう》になってしまったように重くひびく鼓動《こどう》に、春陽はごくりとつばを飲みこんだ。

昇降口《しょうこうぐち》には、青ざめたお母さんがいた。

「春陽！　お父さんが工場の機械《きかい》でケガをして、病院に運ばれたの」

「ええっ」

お母さんが運転する車で、お父さんがいる病院へと向かう。

お父さん、お父さん！

機械《きかい》でケガをしたって、どういう状態《じょうたい》なんだろう。まさか、大きな機械に体をはさまれたとか、それとも、重い荷物が落ちてきた？

いやだと思っても、こわい想像《そうぞう》が止まらない。

もしかして、これが「鬼婆《おにばば》」の本の呪《のろ》い？

病院へついたとき、春陽《はるひ》は汗《あせ》びっしょりになっていた。

それなのに……。

「なんだ、お母さん。えっ、春陽まで。学校はどうした」

病院のロビーにいたお父さんは、春陽たちの姿《すがた》を見るとびっくりしていた。その手には包帯《ほうたい》が巻《ま》かれている。

「いやあ、つき指だって。でも、けっこう痛《いた》いぞ。しばらく細《こま》かい作業はできないし」

お父さんは、ははは、と笑《わら》った。

「もう！　あなたったら！　こっちはどれだけ心配したと思ってるの！」

「そうだよ、お父さんのばか！」

春陽《はるひ》とお母さんは、おたがいの顔を見て、はあーっと安堵《あんど》のため息をついた。

お父さんは、残《のこ》りの仕事を片《かた》づけてくると会社に戻《もど》っていった。

春陽も、今ならまだ午後の授業《じゅぎょう》に間に合う。

「もう、いいわ。春陽も、びっくりして疲《つか》れたでしょう。今日は家でゆっくりしよっか」

お母さんがそう言うので、家に帰ることにした。

ああ、びっくりした。でも、よかった、たいしたことなくて。そうだ、家に帰ったら、アリーを思いっきりなでよう。

いつだって、どんなことがあってもアリーにふれると、わたしはそれだけで安心できるのだから。

しかし……。

家に帰ると、アリーはケージの中でぐったりと横たわっていた。そばには、はいたようなあとがある。

「アリー！　アリー！　どうしたの！」

かろうじて息はしているが、春陽《はるひ》の呼《よ》びかけにもアリーは無反応《むはんのう》だ。

お母さんは、急いで動物病院に電話をかけた。

「すぐに来てくださいって。行こう、春陽」

午後の診療《しんりょう》時間は三時からで、本当なら、今はまだ休憩中《きゅうけいちゅう》だというのに獣医《じゅうい》さんはいやな顔一つせずアリーをみてくれた。

だいじょうぶ。この前だって、アリーは元気になったんだもの。また、風邪《かぜ》みたいなものだって。

春陽《はるひ》はそう思っていたが、獣医さんから告《つ》げられたのは、残酷《ざんこく》な結果《けっか》だった。

アリーの肺《はい》には水がたくさんたまっていて、もう動ける状態《じょうたい》ではないらしい。

十五歳《さい》という年齢《ねんれい》で、できる処置《しょち》もかぎられている。

お母さんは「がんばって、こんなに長生きしてくれたから、少しでも苦しまないように……」と、静《しず》かに現実《げんじつ》を受け入れているようだった。

でも、春陽は……。

「いや！　アリーが死ぬなんて、そんなのウソなんだから！　アリーは、また元気になる！　ぜったい死なない！　これからも、ずっと生きるの！」

アリーを苦しませないためにも、安楽死《あんらくし》をさせたらどうかという提案《ていあん》も出たが、春陽《はるひ》はそれだけはどうしてもいやだと言ってきかなかった。

「アリーちゃんを助けたいですか？」

動物病院の受付《うけつけ》にいる看護師《かんごし》さんが言った。

春陽は、はげしく首を縦《たて》にふる。

「もちろんです！　アリーが助かるなら、わたし、なんでもします！」

「ふふ、その言葉を待っていました。春陽ちゃんの家のおとなりには、まだ若《わか》くて小さなワンちゃんがいるでしょう？」

「野乃花《ののか》の家の、チョコのことですか」

「そう、チョコちゃん。アリーが助かる薬は、チョコちゃんが持っています」

「え？　チョコも病気なの？　チョコの薬を分けてもらえばいいんですね」

「分けてもらう？　やだ、春陽《はるひ》ちゃんったら、ちょっとかんちがいしているみたいね」

看護師《かんごし》さんは、ふふふ、と笑《わら》い、言った。

「チョコちゃんの薬、じゃなくて、チョコちゃんが薬、なの！」

「きゃあっ」

看護師さんの手には、どろりとした真っ赤なかたまりがのっていた。

よく見ると、それは物体なのに、まるで生きた意思を持ったように、どくん、どくんと一定のリズムで脈打《みゃくう》っている。

「これをアリーに食べさせるの。そうすれば、アリーはまた元気になるから」

看護師《かんごし》さんは、グロテスクなかたまりを春陽《はるひ》に「ほら、ほら！」とつき出してくる。

いや……。こんな不気味《ぶきみ》なものにさわるなんて、むり！

そのときだった。

「チョコ！　チョコ！　お願《ねが》い、起きてよ！」

悲痛《ひつう》なさけびが聞こえ、ハッとして後ろを向くと、野乃花《ののか》が血まみれのチョコを抱《だ》き、泣《な》いていた。

「春陽ちゃん、助けて……」

こちらに気づいた野乃花が、春陽に向かって必死《ひっし》に訴《うった》えている。チョコの胸《むね》には大きな穴《あな》が開き、そこから血があふれ出している。

え、それじゃ、看護師《かんごし》さんが手に持っているのって……。

「薬は、チョコの心臓《しんぞう》！」

看護師さんは受付から身を乗り出し、春陽《はるひ》におそいかかってきた。

その姿《すがた》はいつもの優《やさ》しい看護師さんではなく、目はするどく、口は耳まで裂《さ》け、頭に角がはえた鬼《おに》に変《か》わっていた。

「きゃあっ」

自分のさけび声で春陽は、びっくりしてとび起きた。

部屋の中は真っ暗。枕元《まくらもと》の目覚《めざ》まし時計を見ると、真夜中の二時だ。

……夢《ゆめ》、だったんだ。

お父さんとお母さんはぐっすり寝《ね》ているのだろう、家はしんとしずまり返っている。

そっとリビングへ行くと、ケージの中でアリーも静《しず》かに横になっていた。小さな寝息《ねいき》は、いつ消えてもおかしくない、そう獣医《じゅうい》さんは言っていた。

だめだ、冷《つめ》たい水で顔でも洗《あら》って頭を冷《ひ》やしてから寝《ね》よう。

洗面所《せんめんじょ》で顔を洗って、ふと鏡《かがみ》を見たときだった。

「ひっ」

一瞬《いっしゅん》、鏡に映《うつ》る自分が夢《ゆめ》の中で会った鬼《おに》に見えて、春陽《はるひ》は息をのんだ。

だいじょうぶ、あれは夢、現実《げんじつ》じゃない、夢……。

「アリーが治《なお》る、薬があれば……」

つぶやいたとき、春陽の頭の中に浮《う》かんだのは、夢の中で見た、真っ赤なかたまりだった。

「チョコの、心臓《しんぞう》……」

春陽だって、もう小六だ。

夢《ゆめ》を信《しん》じるほど子どもじゃない。

でも……。

気持ち悪くて、二度と見たくないと思ったチョコの心臓《しんぞう》を想像《そうぞう》することをやめられなくなっていた。


学校が休みの土曜日。

お父さんは仕事へ行き、お母さんはおじいちゃんの家に届《とど》けものがあると出かけてしまった。

リビングで、春陽《はるひ》はアリーを見おろしていた。

容態《ようだい》が回復《かいふく》しないとわかってから、アリーはいつも寝《ね》ている。ご飯《はん》は、シリンジに入れた栄養《えいよう》スムージーをあげているけれど、最近《さいきん》ではそれも食べなくなっていた。

アリー、もう一度立ちあがって。いつも、ケージに足をかけて、わたしの手にタッチしてくれたじゃない。

春陽《はるひ》がいくらそう願《ねが》っても、アリーは目を閉《と》じたまま、横たわっていた。

「キャン、キャン」

外で犬の鳴き声がして、春陽は、はっと我《われ》に返った。

窓辺《まどべ》に行って外のようすを見ると、となりの家の庭に、野乃花《ののか》の飼《か》い犬《いぬ》、チョコがいた。

「あっ」

庭には外へ続《つづ》く門があり、その扉《とびら》が開けっ放《ぱな》しになっている。

大変《たいへん》！　あのままじゃ、チョコが外に飛《と》び出しちゃう。

春陽の家の庭と、となりの家の庭は柵《さく》で仕切ってあるだけだ。小さなころなら無理《むり》だったけれど、小六になった今、柵《さく》に手をかけてまたげば、簡単《かんたん》にむこうへ行くことができる。

春陽《はるひ》は急いで外へ出ると、柵《さく》を乗り越《こ》え、チョコをつかまえた。

よかった、間に合って。

そう思ったのもつかのま、春陽の脳裏《のうり》には、またあのイメージがしのびよってきた。

……チョコの、心臓《しんぞう》。

気づくと、春陽はチョコをつかむ手に力を入れていた。

ふわふわの毛にしずみこんだ自分の手。指先に感じるチョコの地肌《じはだ》のやわらかさ。それは、ドク、ドクと脈打《みゃくう》ち、生きている証《あかし》を刻《きざ》んでいた。


——**「アリーの薬は、チョコの心臓！」**

あれは夢《ゆめ》だとわかっているのに、春陽《はるひ》は今、自分が開けてはいけない扉《とびら》の一歩手前にいる、そんな気がしていた。

アリーが、ずっと生きられるなら、わたしは……！

「ワン！」

聞き覚《おぼ》えのある鳴き声に、はっと後ろを向くと、春陽の家の庭には、アリーがすっくと、元気な姿《すがた》で立っていた。

えっ、どうして？

アリー、元気になったの？

次の瞬間《しゅんかん》、春陽《はるひ》の家からお母さんが飛《と》び出してきた。
「春陽、今、帰ってきたら、アリーが、アリーが……！」
お母さんは「ううっ」と嗚咽《おえつ》をもらし、
「アリーが、天国へ行ったみたい」
そう言った。
うそ……。
わたし、この目でちゃんと見たのに……。
アリー、今、そこにいたよ？
元気に、自分の足で、立ってたんだよ……？
春陽が見たアリーの、元気な姿《すがた》。
それは、すでに肉体を離《はな》れたアリーの魂《たましい》だったのだろう。

アリーとのお別《わか》れには、野乃花《ののか》も来てくれた。
ペット霊園《れいえん》で遺骨《いこつ》になったアリーに手を合わせたあと、春陽《はるひ》の部屋で
ふたりは静《しず》かに悲しさを噛《か》みしめていた。
「あれ？　春陽ちゃん、この本……」
部屋の片《かた》すみに転《ころ》がっていた手さげバッグから一冊《さつ》の本がのぞいてい
るのを、野乃花《ののか》が見つけた。

『安達《あだち》ケ《が》原《はら》の鬼婆《おにばば》』

本の表紙を見た野乃花は、はっとした。
「これ、図書室の本だけど、春陽ちゃんが好《す》きで借《か》りたんじゃないよ
ね？」

その言葉に、春陽《はるひ》はこくりとうなずく。

野乃花《ののか》も、呪《のろ》いの本のウワサを知っているのだ。

「野乃花……。ごめんね。わたし、チョコを……」

そこまで言うと、たまらなくなり春陽は泣《な》き出した。

未遂《みすい》に終わったとはいえ、自分は野乃花のたいせつなチョコに手をかけようとした。

情《なさ》けないし、アリーがいないさみしさは底《そこ》が知れないし、涙《なみだ》が止まらない。

「春陽ちゃん……。この鬼婆《おにばば》って、ただのこわい話じゃないんだよ」

野乃花は、鬼婆伝説《でんせつ》について話し始めた。

安達ケ原《あだちがはら》の鬼婆は、もとは、ふつうの、どこにでもいるお母さんだった。

「いわて」という名のその女性《じょせい》は、家がまずしかったため、少しでも暮《く》らしを楽にしようと、お金持ちのお屋敷《やしき》に乳母《うば》としてつとめることになったという。家に置《お》いてきた自分の娘《むすめ》もまだ小さかったのに、お屋敷で生まれたお嬢様《じょうさま》のお世話係として、いわては、一生懸命《いっしょうけんめい》につくしてきた。

「それが、あるとき、お嬢様に病気が見つかったんだ」

野乃花《ののか》は、話を続《つづ》ける。

あやしい占《うらな》い師《し》の「人間の生《い》き肝《ぎも》を食べさせれば、お嬢様の病気は治《なお》る」というお告《つ》げを信《しん》じこんだいわては、山にこもって、お嬢様に差《さ》し出す人間をつかまえるチャンスをうかがっていた。

「ねえ、その人間の生き肝って、もしかして……」

春陽《はるひ》が聞くと、野乃花《ののか》はこくんとうなずいた。

「そう、心臓《しんぞう》のことだよ」

ドキン！　と春陽《はるひ》の心臓《しんぞう》が波打《なみう》った。

わたしと、同じ！

「それで、いわてっていう人はどうなったの？」

春陽がせかすと、野乃花《ののか》は鬼婆伝説《おにばばでんせつ》の結末《けつまつ》を教えてくれた。

「やっと人間の生《い》き肝《ぎも》を手に入れたと思ったらね、その人間は、自分が家に置《お》いてきた実の娘《むすめ》だったんだよ。成長《せいちょう》して、大人になっていたから気づけなかったんだね」

そんな……。

鬼婆伝説ってこわい話なんかじゃない、すごく、悲しい物語だったんだ。

「野乃花、鬼婆のことよく知ってるね」

春陽が言うと、野乃花は、くすっと笑《わら》った。

「だって、わたしにも呪《のろ》いとしてまわってきたもの。『安達ケ原《あだちがはら》の鬼婆《おにばば》』」

「ええっ、こわくなかった?」

「全然《ぜんぜん》。この際《さい》、ちゃんと読もうと思って、最後《さいご》まで読んで図書室に返しておいたよ。それなのに、また呪いの本としてだれかがいたずらで持ち出したんだね」

「そうだったんだ……」


ある日の放課後《ほうかご》、春陽《はるひ》は野乃花《ののか》といっしょに図書室をおとずれた。『安達ケ原の鬼婆』を返すためだ。

「郷土《きょうど》の本コーナー」の本棚《ほんだな》に本をおさめると、春陽は、なんだかホッと心が安らぐ気がした。

あれから、春陽も本を読んでみたけれど、最初《さいしょ》に感じたように、恐怖《きょうふ》より悲しさがせまってくる物語だと思った。なぜなら、いわてが、おそろしい鬼婆《おにばば》へと変貌《へんぼう》してしまったのは、もとをたどればお嬢様《じょうさま》を助けたい、という愛情《あいじょう》だったからだ。

だけど、いきすぎた愛が暴走《ぼうそう》してしまったそのとき……。

それは、愛情などという温かいものではなく凶器《きょうき》という形になって、人間をおそろしいものへ変《か》えてしまうのかもしれない。

そして、その種《たね》は自分の中にも眠《ねむ》っている……。

春陽は、それを決して忘《わす》れないようにしようとちかった。

天国にいるアリーに胸《むね》をはって生きられる、そんな自分でいたいから……。

山形県《やまがたけん》

スノーモンスター

野《の》泉《いずみ》 マヤ

「健人《けんと》、スノーモンスターを見に来ない？」

山形《やまがた》の大学にかようはるか姉さんから電話をもらった。

「何、それ？　雪の怪獣《かいじゅう》？」

「スノーモンスターは、樹氷《じゅひょう》のことよ。雪の怪獣みたいに見えるからそう呼《よ》ばれているんだって。山形県《やまがたけん》の蔵王連峰《ざおうれんぽう》で、この時期だけに見られる絶景《ぜっけい》らしいの」

「絶景か」

その言葉に、ぼくの耳はピクリとなった。

昨年《さくねん》ぼくは、市のフォトコンテスト小学生の部で入賞《にゅうしょう》した。それ以《い》来《らい》、もっとすごい写真を撮《と》りたくて、ネタを探《さが》している。

春に小学校を卒業《そつぎょう》すれば、今年のコンテストは中学生の部で応募《おうぼ》することになる。小学生の部よりも、作品のレベルは高いだろう。今年も入賞するためには、だれもが「おおっ！」と思うようなすごい写真を撮《と》らなければならない。

そんな話を、姉さんにしたことがあった。

「あたしもまだ、こっちに来て一年目だから、見たことないの。すごくいい景色《けしき》だって友だちにもすすめられて、樹氷《じゅひょう》を見るトレッキングツアーに参加《さんか》することにしたの。健人《けんと》は、フォトコンテストに出す作品のネタを探《さが》しているんでしょ。だから、いっしょにどうかな、と思ってね」

「そんなにすごい景色なら、きっといい写真が撮れるよね」

ただ、ぼくが住んでいる埼玉県《さいたまけん》から山形県《やまがたけん》は遠い。それで、パパとママに相談《そうだん》してみた。

パパは、「交通費《こうつうひ》なら出してやるから、蔵王《ざおう》へ行って絶景《ぜっけい》写真を撮ってこい」とすぐに賛成《さんせい》してくれた。

でもママは、心配そうにまゆをよせた。

「だいじょうぶかしら？　わたしの高校の先輩《せんぱい》に山岳部《さんがくぶ》だった人がいるんだけど、雪山で吹雪《ふぶき》にあって、遭難《そうなん》したことがあるのよ」

「雪山で吹雪に？」

「そうよ。吹雪のせいで道に迷《まよ》ったの。先輩は、翌日救助隊《よくじつきゅうじょたい》に発見されたんだけど、同じグループのひとりがなかなか見つからなくて、当時、ニュースにもなったの。結局《けっきょく》その人は、崖《がけ》から転落していて、亡《な》くなっていたの」

ぼくはちょっぴりゾクッとした。

「雪山って、こわいんだね」

すると、パパが笑《わら》った。

「おいおい、ママは心配性《しんぱいしょう》だな。雪山といったって、健人《けんと》が行くのはスキー場だぞ。それにツアーガイドがちゃんといるんだから、遭難《そうなん》することはないだろ。はるかもいっしょに行くんだから、だいじょうぶだ」

そうやって、パパがママを説得《せっとく》してくれたので、ぼくは蔵王《ざおう》の樹氷《じゅひょう》トレッキングツアーに参加《さんか》することになった。


二月の連休。

その日、蔵王スキー場はよく晴れていた。寒いけど気持ちがいい。吹雪《ふぶき》にあうなんて、ママは心配のしすぎだ。

ぼくは姉さんといっしょに、ロープウェイに乗りこんだ。

標高《ひょうこう》一六六一メートルの蔵王山頂駅《ざおうさんちょうえき》まで、一気にあがる。

山頂駅は雪と氷でおおわれ、まるで冷凍庫《れいとうこ》だ。

気温は、マイナス十度。空気は、ふもととはちがい、ひりひりするくらい冷《つめ》たい。

姉さんも「さすが、千メートル級の山ね」と感心している。

スキーやスノーボードをする人たちは、コースの方へすべり降《お》りていく。

ぼくたちは、ツアーガイドさんのまわりに集合した。

ガイドさんは、ふもとの町に住んでいるというおじさんだ。人なつこそうな顔にニット帽《ぼう》をかぶり、ときどきなまったような言葉で話す。

「みなさん、樹氷《じゅひょう》トレッキングツアーにご参加《さんか》いただき、ありがとうございます。ガイドの村山三郎《むらやまさぶろう》です。よろしくお願《ねが》いします。ではまず、展望台《てんぼうだい》へ案内《あんない》するべな」

ガイドの三郎さんのあとについて、みんなぞろぞろ歩き出す。

参加者は九名。ほとんどが、三郎さんと同じくらいのおじさんおばさんだ。

あ、でもその中にひとりだけ、ぼくと同い年くらいの女の子がいる。その子に、ぼくは目をうばわれた。

色白でストレートの黒髪《くろかみ》に、切れ長の目、ピンク色の小さなくちびる。雪山をバックにあの子の写真を撮《と》ったら、すごくいい感じになりそう……。

「健人《けんと》ったら、ぼうっとしちゃってどうしたの？　展望台《てんぼうだい》はこっちよ」

姉さんに呼《よ》ばれてハッとする。ぼく、女の子にすっかり見とれていた。

「まわりの景色《けしき》に、つい見とれちゃってさ」

言いつくろいながら、カメラの入ったデイパックを背負《せお》い直す。そして姉さんたちのところへ走り出した。

とたんに、すべって転んでしまった。

「いてっ」

すると女の子が、こっちをふり向き、クスっと笑《わら》った。どこか大人っぽい、すました感じの顔が、すごく魅力的《みりょくてき》だ。

ぼくはすぐに立ちあがり、胸《むね》をはる。平気なところを見せなきゃ。

そしてもう一度、あの子の魅力的な笑顔《えがお》を見たいと思った。

展望台《てんぼうだい》に着くと、ぼくは思わず声をあげた。

「うわぁ、すげーっ！」

ここ、本当に日本？

まるで異世界《いせかい》に来たみたいだ。

輝《かがや》く雪の世界がどこまでも広がっている。

空は、宇宙《うちゅう》空間みたいに濃《こ》い青色。

「あそこに見えるのが、樹氷原《じゅひょうげん》です」

三郎《さぶろう》さんが指さしたのは、白いトゲトゲだらけの雪原《せつげん》で、それが遠くから見た樹氷の景色《けしき》らしい。

「樹氷というのは、文字どおり、樹《き》にできた氷のことです。0度以下《いか》に冷《ひ》やされた霧《きり》や雲が、木の枝《えだ》や葉っぱについてできます。これは蔵王《ざおう》のほかに、奥羽山脈《おううさんみゃく》の八甲田山《はっこうださん》、八幡平《はちまんたい》、吾妻山《あづまやま》など特別《とくべつ》な場所でしか見られない、世界でも大変《たいへん》めずらしい現象《げんしょう》です」

へえ、と感心しながら参加者《さんかしゃ》の人たちが写真を撮《と》り出した。みんなはスマホだけど、ぼくは一眼《いちがん》レフカメラだ。いい作品を撮るには、これでなきゃ。

姉さんもうれしそうにながめている。

「すごいね、この景色！　まさに絶景《ぜっけい》ね。どう？　健人《けんと》」

「うん。思ってた以上《いじょう》だよ。姉さんに誘《さそ》ってもらってよかった。今日はお天気もいいし、いい写真が撮《と》れそうだよ」

するとと近くにいたガイドの三郎《さぶろう》さんが笑《わら》った。

「今日のお客さんたちは、運がいい。昨日《きのう》までは荒《あ》れた天気で、吹雪《ふぶ》いていたんですよ。今日はひさびさの晴れだ。でもまあ、山の天気は変《か》わりやすいから、また吹雪くかもしれんな」

展望台《てんぼうだい》の見学が一段落《いちだんらく》したころ、三郎さんがみんなに声をかけた。

「ではツアーのみなさん、次は樹氷《じゅひょう》の林に案内《あんない》します」

ガイドさんを先頭に、樹氷の林に向かって歩き出す。ぼくはできるだけ、あの女の子の方へと近づく。

彼女《かのじょ》は水色のデイパックを背負《せお》っている。となりに、同じような色のデイパックを背負っているおじさんとおばさんがいる。きっと、彼女のお祖父《じい》さんとお祖母《ばあ》さんなんだろう。

ぼくたちが、樹氷《じゅひょう》の林の中に入ると、三郎《さぶろう》さんが立ち止まった。

「さてここでは、樹氷を、近くでじっくりと楽しんでください。大自然《だいしぜん》がつくった氷と雪の芸術《げいじゅつ》作品です。だから同じものはありません」

「この樹《き》は、なんていう名前ですか？」

「アオモリトドマツといいます。こういう高い山に生《は》える針葉樹《しんようじゅ》です」

参加者《さんかしゃ》のおじさんやおばさんたちがおもしろがる。

樹氷《じゅひょう》は、ふつうマイナス５度以下《いか》に冷《ひ》やされた水蒸気《すいじょうき》や水滴《すいてき》が樹木《じゅもく》に吹《ふ》きつけられた瞬間《しゅんかん》に凍《こお》った氷のこと。積雪《せきせつ》が多すぎると埋《う》もれてしまうため、このような樹氷林は形成《けいせい》されない。

「ほんとだ。白い怪獣《かいじゅう》みたいだな」

「スノーモンスターって呼《よ》ばれる理由がわかるわね」

怪獣というより、ぼくには、白いゴジラや巨大《きょだい》なパンダに見えるな。ムカデが直立したようなやつとか、ゲームに登場する魔王《まおう》に見えるものもある。確《たし》かに、同じものはない。

参加者《さんかしゃ》たちが、樹氷《じゅひょう》を背《せ》に記念《きねん》写真を撮《と》り始める。

ぼくも、気に入った形の樹氷を、写真に撮る。見る角度によっても形が変《か》わる。樹氷っておもしろいな。

レンズの中に、あの女の子の姿《すがた》がちらりと見えた。

そのままこっそりとシャッターを切る。

樹氷の林を歩く少女。うん、いい絵になる。

でも勝手に撮ってしまってから、よくないと思った。ひとこと断《ことわ》らないと。

「ぼく、写真を撮《と》るのが趣味《しゅみ》なんだ。さっき撮った写真に、きみの姿《すがた》も入ったんだけど、よかったかな？」

と言おうとして、彼女《かのじょ》に近づく。

だけど女の子は、すっと遠ざかってしまう。

ぼく、さけられてる？

だとしたら、落ちこむな。鼻から小さくため息をつく。

そのとき、姉さんがぼくの背中《せなか》をつついた。

「ほら、健人《けんと》。あそこに、雪女がいるよ！」

「え？」

ふり返ると、姉さんが人の形をした樹氷《じゅひょう》を指さしていた。

「ほんとだ。雪女みたいだ」

山形県《やまがたけん》

長い髪《かみ》をなびかせた着物姿《すがた》の女性《じょせい》が、吹雪《ふぶき》の中を歩いているように見える。

近くにいた眼《め》鏡《がね》をかけたおばさんも「あら、ほんとに雪女みたいね」とうなずき、三郎《さぶろう》さんにたずねた。

「ねえ、ガイドさん。わたし子どものころ、『雪女』の絵本を読んで、ふしぎな話だなって思ったんです。雪女って、本当にいるんでしょうかね？」

するとと三郎さんは、

「さあ、どうだべね。おれは子どものころ、こんな昔話を聞いたけども」

と言って、語ってくれた。

昔、山で炭焼《すみや》きをする男がいた。ある吹雪《ふぶき》の夜、きれいな女が「道に迷《まよ》ったので泊《と》めてほしい」とたずねてきたので、男は泊めてやった。女はその後、男の家に居続《いつづ》けた。

そのうち、子どもが生まれた。女によく似《に》た女の子だった。家族三人は仲良《なかよ》く暮《く》らしていた。ただ、なぜか女もその娘《むすめ》も、熱《あつ》いものをきらい、火に近づこうとはしなかった。

ある吹雪の夜、女が「外へ行ってみたい」と言い出した。男が止めるのも聞かず、女は家の外へ出た。

とたんに、吹雪の勢《いきお》いが強まり、雪崩《なだれ》もおきた。女は雪崩に巻《ま》きこまれたのか、その後帰ってくることはなかった。

男は、女が戻《もど》らないことを悲しみ、娘とともに里へおりた。人々は「そのきれいな女は、きっと雪女だったんだ」とうわさした。

「絵本で読んだ雪女の話とは、ちょっとちがうわね。男の人の家をたずねるところは同じだけど」

眼鏡《めがね》のおばさんが言うと、三郎《さぶろう》さんはにこにこして答えた。

「これは、おれの祖母《ばあ》さんから聞いた話だから、絵本とはちがうべな。子どものころは、そんなにきれいな人なら、一度会ってみたいと思いましたよ」

ぼくは、首をかしげた。

「でも、その女の人が雪女というのは、うわさであって、本当に雪女かどうかは、わからないんですよね？」

すると姉さんが口をはさんだ。

「吹雪《ふぶき》の夜にやってきて、吹雪の夜に去っていくんだから、雪女に決まってるじゃない。きっと雪女は、雪をコントロールして吹雪《ふぶき》をおこせるのよ」

三郎《さぶろう》さんがハハッと笑《わら》う。

「どうだべな。とにかく吹雪はこわいぞ。方向感覚《かんかく》を失《うしな》ってしまうんだ」

そのとき、視線《しせん》を感じてふり向くと、あの女の子が、まっすぐにこっちを見ていた。三郎さんの話を聞いていていたみたいだ。

でもぼくがふり向いたとたんに、そっぽを向かれてしまった。

姉さんが「健人《けんと》、ココア飲まない？」と言いながら、デイパックから紙コップやお湯の入ったボトルを取り出し、熱々《あつあつ》のココアをつくってくれた。

「おいしい」

甘《あま》いチョコレートの香《かお》りで、幸せな気分になる。

そうだ。あの女の子にもあげよう。

姉さんにたのんで、ココアをもうひとり分つくってもらい、女の子の方へ持っていく。だまって写真を撮《と》ったことも話さなきゃ。

「ねぇ、よかったら、ココアを飲まない？」

そう言って差《さ》し出すと、女の子は湯気《ゆげ》の立つ紙コップをじっと見つめてから答えた。

「わたし、熱《あつ》いのは飲めない」

「そ、そうなんだ。ごめん。猫舌《ねこじた》なんだね」

しまった。気づかいが足りなかった。

「じゃあ、ここに置《お》くから、冷《さ》めたら飲んでみてね。おいしいよ」

ぼくはかがみこんで地面の雪を平らにし、そこに熱々のココアを置いた。

顔をあげると、彼女《かのじょ》に質問《しつもん》された。

「その、首からさげているものは、何？」

「これ？　カメラだけど」

カメラを見たことないのかな？　そっか。ふつうはスマホで撮《と》るからだね。

「ぼくは、これで写真を撮るんだよ」

「ふうん」

女の子は興味《きょうみ》深そうに、カメラをじいっと見つめる。

「カメラで、写真を撮ってみる？」

でも、ぼくがそう言うと、女の子はプイっと顔をそらし、お祖父《じい》さんとお祖母《ばあ》さんの方へ行ってしまった。それほどの興味はなさそうだ。

そして、彼女を写したことも、言えなかった。

ぼくもその場から離《はな》れ、ふたたび写真を撮《と》り始める。

おもしろい形の樹氷《じゅひょう》を見つけては、シャッターを切る。今年もコンテストで入賞《にゅうしょう》したい。

そうして、ふと、さっきココアを置《お》いた場所を見たら、そこに彼女《かのじょ》がいた。

ココアを飲んでいる。

もう、冷《さ》めたんだ。そりゃあ、こんなに寒いんだから、あっというまに冷めるよね。

なんか、うれしいな。

ぼくがあげたココアを飲んでくれたということは、少なくとも、きらわれてはいないということだ。

そうだ。ぼくが撮った写真を見てもらおう。このカメラではこんなふうに撮《と》れるんだよって。そのついでに、「実は、きみを写したんだけど」って、あの写真を見せればいいんだ。

あの子が「わぁっ」って目を見開くような、すてきな写真を撮ろうと、ぼくは、樹氷《じゅひょう》の林の中を歩き出した。

少し行くと、横から風が吹《ふ》いてきて、レースのカーテンをサーッと引いたようにキラキラした雪が舞《ま》いあがった。

青空の下。それはもう、幻想的《げんそうてき》というか夢《ゆめ》の世界というか、まさにシャッターチャンス！

だったのに、ああ、間に合わなかった……。シャッターを押《お》したときには、もうその光景《こうけい》は終わっていた。

残念《ざんねん》だ。くやしい。次に風が吹いたら、ぜったいに撮るぞ。

すぐにシャッターを切れるようにカメラを抱《かか》え、あちこちを見まわす。

山形県《やまがたけん》

あ、白いライオンみたいな樹氷《じゅひょう》のところで、雪が舞《ま》いあがった！

今だ。シャッターを切る。

「うわっ！」

ところが、体がよろけたために、ブレてしまった。くそっ。

よし、次こそは！　と思ったけれど、いつのまにか青空が見えなくなっていた。灰色《はいいろ》の雲におおわれている。風も強くなってきた。

風は、さっきみたいにやわらかくはない。びゅうびゅうと音も聞こえる。

こんなに強い風では、横なぐりの雪しか写らないだろう。さっきまではっきり見えていた白いライオンの樹氷も、風のためにぼやけている。

この強い風、早くやんでほしい。

気づけば、ぼくはひとりきりになっていた。

姉さんや三郎《さぶろう》さんがいる場所から、それほど離《はな》れていないはずだけど、なんだか遠くに感じる。もちろん、人の姿《すがた》はまったく見えない。

「風、やんでくれよ」

ふきげんにつぶやく。

でもやみそうにない。それどころか、ますます強くなってきている。

強い風といっしょに、真横から雪がやってきては、ぼくのほっぺたを叩《たた》きつける。

ひょっとして、これが吹雪《ふぶき》というやつか？

吹雪を経験《けいけん》したことがないからわからないけど、なんか、それっぽい。

そう思ったとたん、体の芯《しん》から寒さを感じた。

——雪山で吹雪にあって、遭難《そうなん》したことがあるのよ。

山形県《やまがたけん》

ママの言葉がよみがえる。ママの高校の先輩《せんぱい》の話だ。確《たし》か、そのうちのひとりはなかなか見つからなくて……。

いやいや。ぼくは、頭をぶるぶるとふった。悪い想像《そうぞう》はやめよう。

だけど、三郎《さぶろう》さんの言葉も思い出してしまった。

——**吹雪《ふぶき》はこわいぞ。方向感覚《かんかく》を失《うしな》ってしまうんだ。**

「フン、だいじょうぶさ」

ぼくは、鼻を鳴らして強がる。

方向なんか、ちゃんとわかるよ。今歩いてきた方へ、行けばいいんだ。

そうすれば、姉さんやみんながいる場所へ戻《もど》れるんだ。

くるりと後ろを向き、歩き出す。

足跡《あしあと》は、風のせいですっかり消えてしまった。でも、この方向でいいはずだ。


ひゅううう、ひゅううう。


雪まじりの風が、樹氷《じゅひょう》の林を吹《ふ》きぬける。

ときどき、びゅわあああっと、強い横風がやってくる。両足を踏《ふ》んばっていないと、倒《たお》されそうなくらいだ。

白一色の世界を、ぼくはひたすら歩く。

そろそろ、みんなの姿《すがた》が見えてもいいころだけど……。

立ち止まって、耳をすます。だれかの話し声が聞こえないかな？

ひゅううう、ひゅうううう、ひゅうううう。

聞こえるのは、風の音だけ。

ツアーのみんなから、こんなに離《はな》れていたなんて……。さすがに、心細くなる。

でも仕方がない。もう少し歩いてみよう。

と、一歩踏《ふ》み出したときだ。

「あれ？」

見覚《みおぼ》えのある白いライオンの樹氷《じゅひょう》が、目の前に現《あらわ》れた。

どういうことだ？　さっきの場所から、かなり歩いたはずなのに。

たまたま白いライオンに見える樹氷が、もう一つあったということだろうか？　いや。さっきのやつと、大きさも形もまったく同じだ。自然《しぜん》の芸術《げいじゅつ》作品に同じものはないと、三郎《さぶろう》さんも言ってた。

ということは、みんなの方へ向かっていると思いながら、ただ、ぐるりと一周《いっしゅう》してきただけなんだ。

「なんだよ……」

どっと疲《つか》れが出た。方向感覚《かんかく》を失《うしな》うって、こういうことだったんだ。

びゅわあああああっ。

また強い風にあおられる。ぼくの体にくっついた雪が、どんどんたまっていく。このまま雪がくっつき続《つづ》けたら、ぼく自身が樹氷《じゅひょう》になりそうだ。

「ま、まさか」

おそろしい考えが浮《う》かんだ。

ぼくをとり囲《かこ》んでいる樹氷《じゅひょう》たちを、もう一度じっくりと見る。

この樹氷って、実は、吹雪《ふぶき》で動けなくなった人間たちだったりして……。

パパから聞いた怪獣《かいじゅう》の話にそんなのがあった。氷の星へ行った宇宙飛行士《うちゅうひこうし》が、事故《じこ》で地球に帰れなくなって、そのまま氷の怪獣になってしまったというやつ。

スノーモンスターと呼《よ》ばれるのが、そういう理由だとしたら……。

いやいや、そんなＳＦ《エスエフ》みたいなことあるわけない。怪獣とかモンスターなんてフィクションだ。

ぼくの考えすぎだ。三郎《さぶろう》さんが言ってただろ。あれはアオモリトドマツという木なんだ。

「アオモリトドマツ、アオモリトドマツ、アオモリトドマツ……」
頭から悪い考えを追い出そうと、ぼくは呪文《じゅもん》を唱《とな》えるように言った。
それにしても、さっきまでは、あんなに気持ちよく晴れていたのにな。
なんで急に、吹雪《ふぶき》になるんだよ？
吹雪といえば……、雪女。
吹雪の夜にやってきて、吹雪の夜に去っていった。きれいな女性《じょせい》で、
なぜか火をきらう。
そのときなぜか、あの女の子が頭に浮《う》かんだ。
色白でストレートの黒髪《くろかみ》で、きれいな顔の彼女《かのじょ》。
まさか、あの女の子は雪女？
だから、熱《あつ》いココアを飲まなかったのか？
だから、雪の上で転んだぼくを笑《わら》ったのか？

もしかしたら、ぼくがだまって写真を撮《と》ったことに気づいて、怒《おこ》ったのかもしれない。

それで、ぼくがひとりになるタイミングを見はからい、吹雪《ふぶき》をおこした……。

ああ、早くあの子に謝《あやま》ればよかった。

雪の林を歩くあの子の姿《すがた》が、いい感じの絵になってたから、ついシャッターを切っただけで、悪気はなかったんだ。

ぼくは雪だらけの頭を抱《かか》える。

吹雪はますます強くなる。

足は、もうひざまで雪に埋《う》もれている。

「姉さーん、姉さーん。ぼく、ここだよ――っ。三郎《さぶろう》さーん、ぼくは、ここにいるよ――っ」

大声でさけんだけれど、風の音でかき消されてしまう。
あたりは白、白、白、すべてが真っ白な世界。
どっちがどっちか、方向もわからない。
防寒《ぼうかん》ジャケットを着ていても、寒さが体に侵入《しんにゅう》してくる。
まつ毛に雪がくっついて、視界《しかい》がせまくなる。
歩きまわったせいで、体力も消耗《しょうもう》してしまった。
体中がだるい。

雪山で遭難《そうなん》するって、こういうことなのかな。

逃《に》げ場がない。吹雪《ふぶき》の檻《おり》の中に閉《と》じこめられたみたいに。

「いやだ」

ぼくは、たまり続《つづ》ける雪をはらうように、頭をふった。

「姉さんのところに戻《もど》るんだ」

残《のこ》っている気力をふりしぼり、ぼくは歩き出した。

どの方向が正しいのかわからない。でも、じっとしているよりマシだ。

歩いているうちに、だれかが見つけてくれるかもしれない。


ひゅううう、ひゅううう、ひひ、ひひ、ひひ……。

「だ、だれだ？　笑《わら》ったのは」

後ろをふり返る。でも、だれもいない。

笑《わら》い声のように聞こえたけど、ちがったかな。木の枝《えだ》がこすれた音だったかもしれない。


ひゅううう、ひゅうううう、ひゅうううう。


そのとき、今度ははっきりとした声が聞こえた。

「そっちへ行っては、だめ」

「え？　だれ？」

あたりを見まわしたけど、だれもいない。

というか、吹雪《ふぶき》のせいで何も見えない。

「そっちはだめ！」

山形県《やまがたけん》

また聞こえた。あの女の子の声に似《に》ている。

つまり、雪女。

ぼくの心に怒《いか》りがわきあがった。

ひどいじゃないか。ちょっと写真を撮《と》っただけなのに、ぼくをこんな目にあわせるなんて。

さっきのヒヒ、ヒヒという笑《わら》い声は、あの子かもしれない。

そっちはだめ、なんて言って、ぼくを迷《まよ》わせるつもりだろ。

そんな手にはのるもんか！

声を無視《むし》して歩く。少しでも明るく見える方へ。

そうすれば、この林から出られるにちがいない。

そのとき、また強い風がぼくをおそった。

「うわぁっ！」

同時に、白いかたまりのようなものが、ドンっとぼくに体当たりしてきた。

今のはなんだ?

吹雪《ふぶき》の中で、何がぶつかってきたのかわからない。

ぼくは、雪の中に倒《たお》れこんだまま、起きあがれなくなった。

なぜか、冷《つめ》たさも感じない。

白、白、白、何もかも白い世界。

ぼくの意識《いしき》も真っ白に、なっていく……。


「健人《けんと》、だいじょうぶ?」

姉さんの声で目を覚《さ》ました。

青空が見える。白だけの世界ではない。吹雪もやんでいる。

「いやあ、無事《ぶじ》でよかった」

心底《しんそこ》ホッとしたという顔の三郎《さぶろう》さんに、ぼくは抱《だ》きおこされていた。

「すまないな。山の天気が変《か》わりやすいのを、甘《あま》く見ていたおれが悪かった。兄ちゃん、けがはないか？」

三郎さんが、申《もう》し訳《わけ》なさそうな顔をする。

「けが？」

ぼくは自分の手足を見る。さっき、何かがぶつかってきて倒《たお》されたけど、雪の上だからけがはしていない。

「だいじょうぶです」

ぼくは立ちあがり、「そっちはだめ」と言われた方向を指さした。

「あっちの方に、何かあるんですか？」

「ああ、あっちは危険《きけん》だ。崖《がけ》になっていて落ちたら命はないぞ」

「崖《がけ》？」

一瞬《いっしゅん》、全身が凍《こお》りつくような恐怖《きょうふ》を覚《おぼ》えた。

もし、あの白いかたまりに倒《たお》されないで、歩き続《つづ》けていたら……。

その後、ツアーの人たちのところへ戻《もど》ったけど、あの女の子はいなかった。

水色のデイパックを背負《せお》ったおじさんとおばさんに、あの子のことをたずねると、「そんな女の子は知らない」と言われた。このふたりの孫《まご》だと思ったのは、ぼくの勝手な思いこみだった。

姉さんも「女の子なんて見てない」と言うし、三郎《さぶろう》さんにも「子どもの参加者《さんかしゃ》は、健人《けんと》くんだけだ」と言われた。

ぼくは、写真のファイルを確認《かくにん》した。

雪の林の写真に、あの女の子は写っていなかった。

確《たし》かに、いたはずだ。はっきりと見えていたし、会話もしたんだ。

なのに、だれも知らないなんて。

あの子がいたという証拠《しょうこ》が、何もないなんて。

胸《むね》の奥《おく》に、ひゅうっと冷《つめ》たい風が吹《ふ》く。

そのとき、雪の上に置《お》かれた、茶色い紙コップが目に入った。

近づいて手に取る。

あの子にあげたココアのカップだ。中はからっぽ。

でもよく見ると、外側《そとがわ》に引っかいたような白い線がある。どうやらそれは、文字のようだ。

たどたどしい字で見づらいけれど……「おいしかった」と読める。

胸が、じんわりと温かくなってきた。

樹氷《じゅひょう》の林を風が吹《ふ》きぬけ、舞《ま》いあがった雪がキラキラと輝《かがや》く。
同時に、あの子の声が聞こえた気がした。

――ココア、おいしかった。

だれもいない林に向かって、ぼくはつぶやいた。
「助けてくれて、ありがとう」

秋《あき》田《た》県《けん》

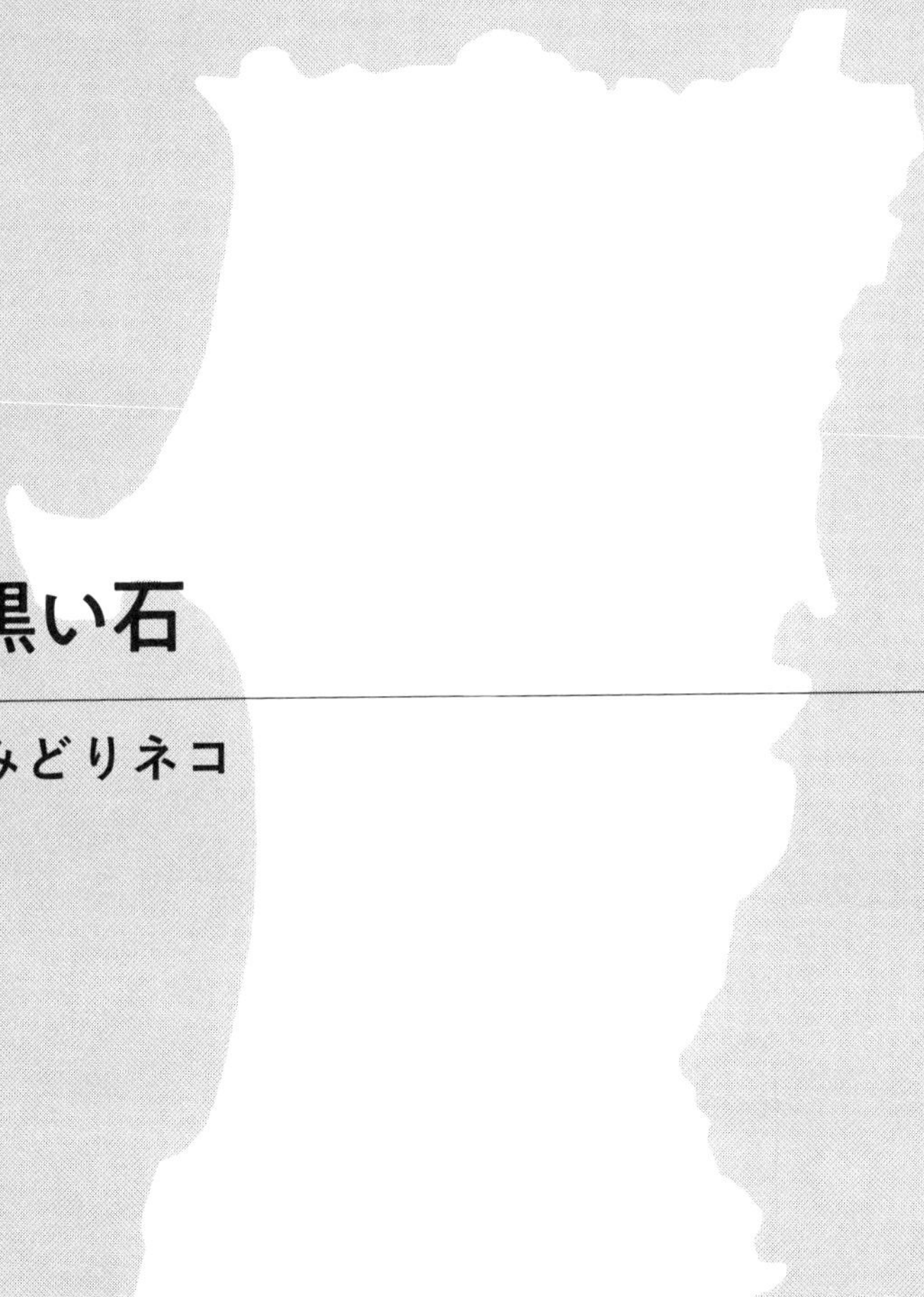

黒い石

みどりネコ

「今日、天気もいいし、三人でおでかけしようか？」

お母さんの言葉に、わたしはワクワクした。ゴールデンウィーク三連休の初日《しょにち》、ここ、仙北市《せんぼくし》は朝から気持ちよく晴れている。

「やったぁ！　桜《さくら》まつり？」

あ、でも肝心《かんじん》の桜は……？　仙北市といえば、角館《かくのだて》の桜まつりが有名だけど、今年は桜の開花が早く、そのほとんどが散《ち》ってしまった。

「桜まつりもいいけど、田沢湖《たざわこ》はどう？　田沢湖は日本一深い湖で『神《しん》秘《ぴ》の湖』っていわれているのよ。今日はきっときれいだと思う。辰子姫《たつこひめ》にちなんだ〝美のパワースポット〟もあったはず」

へぇ。田沢湖が、日本一深いということは知っている。でも〝美のパワースポット〟というのは初耳《はつみみ》だ。わたしのワクワク感はさらにアップ。

自分で言うのもなんだけど、わたしはちょっとかわいい。「モデルとか子役になれるんじゃない」って友だちのお母さんに言われたことがあるし、「佑香《ゆうか》ちゃんってかわいいよね」って言われることは、しょっちゅうだ。

「おもしろそう！　うん、行きたい」

「あたしはどこでもいいけど、楽器《がっき》練習したいから、早めに帰ってきたいな」

お姉ちゃんは、長い髪《かみ》を無造作《むぞうさ》にまとめると、ぐるりとねじって大きなヘアクリップでとめた。

このごろわたしは年上の子から「咲奈《さな》の妹」とか「天野《あまの》姉妹の片割《かたわ》れ」と呼《よ》ばれることが多い。これ、実はむかついている。先生や近所の人に会ったときも、お姉ちゃんのことばかり聞かれるし。わたしは、お姉ちゃんのおまけじゃないのに。

中二のお姉ちゃんは、吹奏楽部《すいそうがくぶ》の練習でいそがしく、毎日のように帰りが遅《おそ》い。副部長《ふくぶちょう》になってからは、練習時間が足りないと言って、家でもクラリネットの練習をしている。

でも、それ以外《いがい》のときはダサいスウェットを着て、ソファに寝《ね》っ転《ころ》がっている。顔はふつうで体型《たいけい》もふつう(と本人は言ってる)。そんなお姉ちゃんには緊張感《きんちょうかん》というものがまるでない。

田沢湖《たざわこ》には、家族でも何回か行っている。あいかわらずのスウェット姿《すがた》のお姉ちゃんと、テーブルを片《かた》づけているお母さんを見ながら、わたしはそのときの写真を思い出していた。

金色に輝《かがや》くたつこ像《ぞう》をバックに、お母さんに抱《だ》っこされたわたしとお姉ちゃんが写っている写真。おそらく、撮《と》ってくれたのはお父さんだ。わたしたちがまだ四人家族だったころ。

うちの両親は、わたしが一年生だった四年前に離婚《りこん》して、今お母さんはフルタイムでバリバリ仕事をしている。仕事は楽しそうだけど、残業《ざんぎょう》が多いうえに、土日もあまり休みがない。

だから、こうして家族三人で出かけるのなんてすごくひさしぶり。

〝美のパワースポット〟ってどんなところなんだろう。スマホで調べてみると、小さいころに聞いた、辰子姫《たつこひめ》にまつわる民話《みんわ》がヒットした。

昔、辰子《たつこ》という美しい娘《むすめ》が母とふたりで暮《く》らしていた。

永遠《えいえん》の若《わか》さと美しさを願《ねが》った辰子が観音堂《かんのんどう》に願いをかけたところ、観音様が現《あらわ》れ、辰子にこう告《つ》げた。

「どうしても美しいままでいたければ、山奥《やまおく》の泉《いずみ》の水を飲むがよい」

お告げどおり泉の水を飲んだ辰子は、やがて龍《りゅう》の姿《すがた》になった。

そのとき、稲妻《いなづま》が走り雷鳴《らいめい》が山を揺《ゆ》さぶり、滝《たき》のような雨が降《ふ》った。山はくずれ、谷が裂《さ》け、そこには大きな湖ができた。

龍《りゅう》になった辰子《たつこ》は、首をもたげ、母に別《わか》れを告《つ》げると、湖の底《そこ》深くにしずんでいった。

「龍になるなんてイヤじゃない？　わたしなら、人間に戻《もど》してって観音《かんのん》様に文句《もんく》を言っちゃうかも」

スマホを見ながらつぶやくと、

「まぁねえ……」

お姉ちゃんからは気のない返事が返ってきた。

「ところでお姉ちゃん、そのゆるゆるのスウェットは着がえてね。恥《は》ずかしいから」

「えー、休みの日くらい、楽な格好《かっこう》したっていいじゃん」

「だめ。そんな格好でとなりを歩かれたらイヤだから着がえて」

「はいはい、わかったよ」

お姉ちゃんは、めんどくさそうに立ちあがり、大きなあくびをした。

「はい、ふたりとも支度《したく》して！」

お母さんが、パンと手を叩《たた》いた。


三十分後、わたしたちは車で家を出発した。

「持っている服がほとんど入らないなんて、お姉ちゃん太りすぎだよ。もう少し気にしたら？」

「まだ、標準《ひょうじゅん》体重内！　成長期《せいちょうき》なんだから体型《たいけい》なんて変《か》わってあたり前。いちいち気にしてもしょうがないでしょ」

スウェットから着がえようとしたお姉ちゃんは、手持ちの服が体に合わなくてあたふたしたのだ。

「このごろ制服《せいふく》とスウェットばかりだったからうっかりしたわね。連休《れんきゅう》中《ちゅう》、秋田市《あきたし》にお買い物行こうか」

お母さんも運転しながら笑《わら》っている。

車に揺《ゆ》られ、曲がりくねった山あいの道を行く。角館《かくのだて》の桜《さくら》はほとんど散《ち》ってしまったけど、ここでは山のあちこちに咲《さ》いている。

そんな景色《けしき》と重なるように、自分の顔が窓《まど》ガラスに映《うつ》っている。そして、もう桜は目に入らず顔ばかり見る。

わたしはこうして、鏡《かがみ》でもガラスでも顔が映るものならなんでも見てしまう。

それでも、森の中を走りぬけ、キラキラ輝《かがや》くプルシアンブルーの大きな湖が現《あらわ》れたときには、その美しさに目を見はった。

窓《まど》を開けると、初夏《しょか》の風がほおにあたって気持ちいい。

湖のほとりで、清《きよ》らかな女神《めがみ》のようなたつこ像《ぞう》が金色に輝《かがや》いている。

写真で見たときはよくわからなかったけど、キュッとくちびるを結《むす》んでいて、優《やさ》しいけれど芯《しん》のある女性《じょせい》という感じがする。

車で湖を半周《はんしゅう》したあと、わたしたちは遊覧船《ゆうらんせん》に乗った。

田沢湖《たざわこ》のたつこ像《ぞう》。湖のまわりには、ほかに辰子姫《たつこひめ》の像が3体ある。田沢湖は寒冷地《かんれいち》にあるが、日本一の深さをほこり、冬でも凍《こお》らない不凍湖《ふとうこ》である。

お姉ちゃんはお母さんと一緒《いっしょ》にデッキに出て、キャーキャーはしゃいでいる。

深い青色の湖。この湖の底《そこ》に龍《りゅう》がいるの？　日本一深い湖の底に光は届《とど》くのかな。薄暗《うすぐら》い湖にいる悲しげな龍の姿《すがた》が頭に浮《う》かんだ。

田沢湖《たざわこ》の水面は、鏡《かがみ》のようにまわりの景色《けしき》を映《うつ》し出している。

「お母さん、見て、さっきと湖の色がちがうよ」

デッキから戻《もど》ってきたお母さんはとなりに座《すわ》り、窓《まど》の外を見た。湖の真ん中あたりでは深いプルシアンブルーに見えた田沢湖が、御座石神社《ござのいしじんじゃ》の鳥居《とりい》の近くに来ると、南国の海のようなエメラルドグリーンに見える。

「そうなの。この湖は、見る場所や光の加減《かげん》によって色が変《か》わるの。だから神秘《しんぴ》の湖って呼《よ》ばれているのかもね」

お母さんはまぶしそうに目を細めた。

遊覧船《ゆうらんせん》がたつこ像《ぞう》の近くでスピードをゆるめたので、わたしもデッキに出てみる。澄《す》みきった水の中を泳ぐ魚の群《む》れが見えたときは、お姉ちゃんと一緒《いっしょ》に「わぁ〜!!」と歓声《かんせい》をあげた。

遊覧船を降《お》りたわたしたちは、車で御座石神社《ござのいしじんじゃ》へ向かった。わたしが楽しみにしていたパワースポットだ。

「ねぇ、ソフトクリーム売ってるよ。田沢湖《たざわこ》名物みそたんぽっていうのもある。あたし、みそたんぽがいいな」

お姉ちゃんの足は、神社ではなくお土産《みやげ》屋さんに向かっている。

みそたんぽは、甘辛《あまから》い味噌《みそ》をつけて焼《や》いたきりたんぽだった。香《こう》ばしくておいしそうだけど、ザ・炭水化物《たんすいかぶつ》だからなぁ。

「わたしソフトクリームにする」

「そんな薄着《うすぎ》でソフトクリームなんか食べたら、風邪《かぜ》引いちゃうんじゃやないの？　みそたんぽにした方がいいよ」

「だいじょうぶ！　わたし、お姉ちゃんより若《わか》いし」

初《はじ》めはソフトクリームの冷《つめ》たさになんとか耐《た》えていたけど、やっぱり外はまだ少し肌寒《はだざむ》い。食べ終わるころには手がブルブルふるえていた。

「お母さんはお土産屋《みやげ》を見たいから、神社は咲奈《さな》とふたりで行ってきなさい」

そう言うとお母さんは、神社とは反対の方向に歩き出した。

わたしたちは、御座石神社《ござのいしじんじゃ》にお参《まい》りをして、水みくじというおみくじを引いた。

おみくじを水がめの水に浮《う》かべると、少しずつ文字が浮《う》き出てくる。

わたしは目をこらして、おみくじをじっと見つめた。小吉《しょうきち》だ……。

「えー、小吉だって。お姉ちゃんは？」

手もとをのぞきこむと大吉《だいきち》と書かれている。

「やったぁ。願《ねが》いがかなっちゃうかも」

うれしそうにおみくじを結《むす》んでいるお姉ちゃんを横目に見ながら、わたしも小吉《しょうきち》のおみくじをギュッと結んだ。

すると、お姉ちゃんのとなりにいた、見知らぬおばあちゃんが声をかけてきた。

「あらぁ、姉妹？　めんこいごど。ふたりともよく似《に》てる」

よく似てるって、わたしとお姉ちゃんが？

「そんなことないですぅ」

顔を赤らめて恥《は》ずかしがるお姉ちゃんを見てたら、むかついてきた。

「じゃ、次のパワースポットに行こ」

「えー、まだ写真撮《と》ってないのに」

スマホをかまえているお姉ちゃんの前を横切って、早足で神社をあとにした。

駐車場《ちゅうしゃじょう》の方へ歩いていくと〝鏡石《かがみいし》まで200m、願《ねが》い橋《ばし》まで100m〟と書いた看板《かんばん》が立っていて、そこから細い山道が続《つづ》いている。

「お姉ちゃん見て！　辰子《たつこ》の鏡石だって。さっきスマホで見たよ！」

うれしくなって小走りで山道をかけあがる。芽吹《めぶ》いた木々のすきまから光がこぼれ、あたりからは鳥のさえずりが聞こえている。お昼どきだからなのかな。歩いているのはわたしとお姉ちゃんだけ。

「混《こ》んでなくてよかったね」

あがってきた道を見おろしてお姉ちゃんがつぶやく。

「早くお願いしちゃおう。だれもいないときの方が、願いをかなえてもらえるかもしれないし」

古い階段《かいだん》をのぼり、細い山道を進んだ先に、小さな木の橋が見えた。

「これが願《ねが》い橋《ばし》ね。ちゃんとペン持ってきたんだ」

わたしはバッグからペンを取り出した。

よく見ると、ところどころ苔《こけ》の生《は》えた橋には、びっしりと願いごとが書きこまれている。

橋の手前には、かなえる岩という大きな岩がある。鏡石《かがみいし》でお願いしたあと、かなえる岩に戻《もど》ってきて、もう一度お願いをするらしい。鏡石は、ネットで見たときから気になっていた。石に顔が映《うつ》るなんて想像《そうぞう》できない。どんな石なんだろう。

わたしは、〝きれいになりたい〟と橋に小さく書きこんだあと、お姉ちゃんにペンを渡《わた》した。

お姉ちゃんはなんて書くのかな。後ろからそっとのぞきこんでみると

〝クラリネットが上達《じょうたつ》しますように〟という文字が見えた。ここまで来て部活のことをお願《ねが》いするなんて、お姉ちゃんはちょっと変《か》わってる。

「クラリネットって黒いからかな、地味だよね」

「楽器《がっき》のことなんてなんにもわからないでしょ。どの楽器も見た目じゃない、音が大事なの」

ふう、楽器のことになると真剣《しんけん》になるんだから。

「別《べつ》にいいでしょ。わたしはただキラキラしてる方が、顔が明るく見えていいと思っただけ」

鏡石《かがみいし》に行くためには、さらに細い階段《かいだん》をのぼらなくてはならない。こんなことなら、サンダルじゃなくてスニーカーをはいてくるんだった。

「サンダルに土がついて汚《よご》れちゃったよー」

もたもたしているわたしを見て、お姉ちゃんが戻《もど》ってきた。

「なんで、よりによって白いサンダルはいてくるわけ？」

「だって、ヒールのある靴《くつ》をはくと、足がきれいになるって雑誌《ざっし》に書いてあったんだもん」

疲《つか》れてふらふらになりながらも、やっと展望台《てんぼうだい》にたどり着いた。

展望台から見わたすと、ごつごつした岩肌《いわはだ》に太いしめ縄《なわ》が吊《つ》るされ、その下に丸い石がある。あれが鏡石《かがみいし》？ ただの石じゃん。

「辰子《たつこ》の鏡石ってあの石のこと？ あんなんで、きれいになれるわけないじゃん」

「やめなよ。そんなこと言って、辰子の逆鱗《げきりん》にふれたらどうすんの」

「ゲキリンて何よ」

「逆鱗にふれるっていうのは、目上の人をはげしく怒《おこ》らせてしまう意味の言葉。龍《りゅう》のあごの下にある逆《さか》さに生《は》えた鱗《うろこ》にさわると、龍が怒って人を殺《ころ》してしまう、っていう中国の古い話からきた言葉なの」

そんなことも知らないの？　という顔でお姉ちゃんが、ふぅとため息をついた。

「ふーん。龍《りゅう》って鱗《うろこ》があるんだ。辰子《たつこ》の鱗があるなら見てみたいもんだね」

「ホント、あんたそんなことばっかり言ってると罰《ばち》があたるよ。あたし知らないからね」

お姉ちゃんは先に行ってしまった。

あーあ、行っちゃった。

わたしは、お姉ちゃんのあとを追いかけ、階段《かいだん》をおりた。すると、ふと道の端《はし》にある黒いものに目が吸《す》いよせられた。

なんだろう。近づいてよく見ると、それはつるんとした黒い石だった。

わあ、きれい。それはちょうどわたしの手のひらにおさまるほどの大きさで、コンパスで描《か》いたような丸い形をしている。表面は冷《つめ》たく、なめらかだ。

見つめていると、その石は薄《うす》い光の膜《まく》に包《つつ》まれたように、ぼんやりと光り始めた。

何これ……ふしぎ。

光っている石の表面に、わたしの顔が映《うつ》っている。

しかも、めちゃくちゃかわいい。目、鼻、口、一つひとつのパーツはそんなに変《か》わっていないけど、全体のバランスが整っている。

もしかしてこれ、きれいになれる石？

大きさも色もちがうけど、辰子《たつこ》の鏡石《かがみいし》にもこんな魔力《まりょく》があったのかもしれない。

石を持ったまま山道をおりると、お姉ちゃんとお母さんが待っていた。

「佑香《ゆうか》、遅《おそ》いよ。何してたの？　あたしはもう、かなえる岩にお願《ねが》いしたよ」

そばに来たお姉ちゃんが、わたしの手もとをのぞきこんだ。

「どうしたの？　それ」

「展望台《てんぼうだい》の近くに落ちてたの。きれいだったから拾ってきちゃった」

「確《たし》かにきれいだけど……」

なぜかお姉ちゃんが顔をくもらせた。もしかしたら、うらやましい？

「この石は最強《さいきょう》のパワーストーンなの。持ってるだけでだれよりもきれいになれる石」

お姉ちゃんが石に顔を近づけようとしたので、サッと後ろに隠《かく》した。

「クラリネットの色に似《に》てるね。でもなんだろう、きれいすぎて気味が悪い」

「は？　クラリネット？　まったく音楽バカだね。とにかくこれはわたしが拾ったんだから、わたしのものなの」

バッグに石を入れ、急ぎ足で階段《かいだん》をおりていった。

その夜、みんなが寝静《ねしず》まったころに、バッグから石を取り出した。暗いところで見ると、昼間より光が明るく感じられて、映《うつ》った顔もはっきりと見える。

石に映っているわたしは、昼に見たときよりもっとかわいい。黒目がちな目は、スマホのアプリで加工するよりも自然《しぜん》だし、肌《はだ》がきれいで鼻《はな》筋《すじ》も通っている。

いい感じ！

もう少し、小鼻を小さくして、もう少し目尻《めじり》をあげて……。どんどん思いどおりの顔になっていく。でも、まだまだ完璧《かんぺき》な顔じゃない。どの角度から見ても、どんな表情《ひょうじょう》をしてもきれいじゃないとだめ。

何時間も願《ねが》い続《つづ》けて、とうとう理想の顔を手に入れた。

完璧。

こんなすごい石、だれにも渡《わた》したくない。どこにしまったらいいんだろう。部屋の中をきょろきょろ見まわした。そうだ、ハンカチの入っている引き出しの奥《おく》にしまっておこう。

そっと石を入れて引き出しを閉《し》めた。

「佑香《ゆうか》、おはよう。そろそろ起きて。お母さん、もう仕事に行ったよ。あたしも、もう部活に行くからね」

「うん、わかった。ねぇねぇ、お姉ちゃん、わたしの顔、超絶《ちょうぜつ》かわいいと思わない？」

「佑香《ゆうか》の顔？」

お姉ちゃんは、わたしの顔をまじまじと見つめた。

「そうかな？　いつもと変《か》わらないけど」

そんなはずない。お姉ちゃんは、わたしがかわいくなったことを認《みと》めたくないんだ。

そのとき、玄関《げんかん》のチャイムが鳴った。お姉ちゃんの友だちのくるみちゃんが迎《むか》えに来たのだ。

そうだ！　くるみちゃんなら、かわいいって言ってくれるかも。急いで着がえて玄関に行った。

「咲奈《さな》おはようー。あ、佑香ちゃんもおはよう」

「おはようございます」

キメ顔っぽくほほえんだ。けれど、特《とく》に何も言われない。

「ねえ、咲奈《さな》も見た？　部長からメールで届《とど》いてた新入生歓迎会《かんげいかい》のときの写真、すごくよかったから、プリントアウトしてきちゃった。この咲奈、すごくきれいじゃない？」

そう言って、くるみちゃんがバッグから取り出した写真を、わたしはのぞきこんだ。

え、きれい……。これがお姉ちゃん？　すごくイキイキと楽しそうに指揮《しき》をしている。

顔が引きしまっていて、目ヂカラもあって、いつものお姉ちゃんじゃないみたい。

「クラリネットのソロも、超《ちょう》かっこよかったしね」

くるみちゃんが、クラリネットを吹《ふ》くまねをする。

「ほんとに？　あれ、めっちゃ練習したの！」

演奏《えんそう》をほめられたお姉ちゃんは、目がキラキラしている。

「咲奈《さな》にあこがれて仮入部《かりにゅうぶ》に来た子もいっぱいいたんだよ」

「新入生が入部したらもっとがんばらなくちゃね！　じゃあ、いってきます。佑香《ゆうか》、カギは閉《し》めといてね」

「はい……いってらっしゃい……」

お姉ちゃんは、リュックを背負《せお》うと、ポニーテールを揺《ゆ》らしながら出かけていった。

なんでお姉ちゃんだけ、みんなにほめられるの？

キッチンのテーブルには、朝ご飯《はん》が用意されていた。でもなんだか食《しょく》欲《よく》がわかない。

もしかして、顔がもとに戻《もど》っちゃったのかな。

急いで部屋に行き、引き出しの奥《おく》から黒い石を取り出した。

石には、昨日《きのう》のままのかわいい顔が映《うつ》っている。

わかった、髪《かみ》が短いからだめなんだ。この髪が長かったら、お姉ちゃんに勝てるかも。

ふとお姉ちゃんの机《つくえ》の上を見ると、木の櫛《くし》がある。

これ、田沢湖《たざわこ》のお土産《みやげ》屋さんで買ってもらった櫛だ。「ロングヘアにはこういう櫛がいいのよ」ってお母さんに言われてた。

これでとかしたらサラサラになるのかな。

使っちゃダメって言われているけど、少しくらいならいいよね。

櫛を手に取り、髪をとかしてみる。でも、短い髪だとやっぱり物足りない。

さっきのお姉ちゃん、髪が揺《ゆ》れたとき、いい感じだった。

わたしも髪《かみ》をのばそうかな。あーでも何か月もかかる。と石を見ると、そこにはロングヘアのわたしが映《うつ》っているすごい！　髪まで願《ねが》ったとおりになるの？

指どおりのなめらかな、サラサラの長い髪。甘《あま》いシャンプーの香《かお》りまで、まるでお姉ちゃんの髪みたいだ。

これで、顔も髪型《かみがた》もバッチリ。これだけ長かったらポニーテールにしても、ハーフツインにしてもかわいい。お人形のようなサラサラの髪で、わたしはヘアアレンジを楽しんだ。

長くなったのはいいけど、なんだか頭が重い。倍以上《いじょう》の長さになったからかな。髪の毛ってこんなに重いんだ。

そういえば、髪はとかすほど、つやつやになるって雑誌《ざっし》に書いてあった。

秋田県《あきたけん》

髪《かみ》にサクッと櫛《くし》を入れ、毛先までサーッと一気にとかす。なめらかな髪の毛は一度も櫛に引っかかることがない。

とかすたびに髪のつやが増《ま》してしっとりしてきた。

でも、なんかおかしい。長さは変《か》わっていないのに、どんどん頭が重くなっているような……。

気づくと髪の毛がじっとりとぬれ、毛先からポタポタと水がしたたり落ちていた。

「やだ、何これ！」

真っ黒な長い髪は、腕《うで》や首筋《くびすじ》にべったりとはりついている。

「なんでこんなにぬれてるの？」

カーペットには、こぼれた水のシミがじわじわと広がっていく。

「いやだ！　もうやめてー！」

そのとき、ガチャリとドアが開いた。お姉ちゃんだ。

「キャ――――！」

お姉ちゃんはわたしを見るなり悲鳴をあげた。

「ゆ、佑香《ゆうか》、いったい何してるの？　そ、その腕《うで》……」

T《ティー》シャツからのびたわたしの腕を見ると、さっきまではりついていた髪《かみ》の毛は消えている。かわりに、赤い線のような無数《むすう》の細《こま》かい傷《きず》がついて、血がにじんでいる。

秋田県《あきたけん》

わたしは汗《あせ》ばんだ手で、しっかりと小さな櫛《くし》をにぎっていた。机《つくえ》には、ぬけ落ちた短い髪《かみ》の毛が散《ち》らばっている。

汗でぐっしょりぬれた髪をさわると、ショートヘアのままだ。

何がなんだかわからない。

「髪を……とかしてたの……」

「髪？　佑香《ゆうか》の髪、そんなに長くないでしょ。しかも、ちょっと待って。その櫛！　歯が折《お》れてるじゃない」

櫛を見ると、きれいにそろっていた歯が折れてボロボロになっている。

「使わないでって言ったのに……。しかも血が出るくらい強く引っかくなんて。何してるのよ……」

お姉ちゃんは泣《な》き出しそうな顔をしている。

赤くはれた腕《うで》がひりひりして痛《いた》い。

わたし、何をしてたんだろう。

そうだ、カーペットにできた大きなシミは？　跡形《あとかた》もなく消えている。

夢《ゆめ》を見てたのかな？　ううん、夢じゃない。

手や首筋《くびすじ》には、じっとりとぬれた長い髪《かみ》の感触《かんしょく》が残《のこ》っている。

腕《うで》にはりついた、真っ黒な髪を思い出したら、ぞくぞくっと鳥肌《とりはだ》が立った。

「佑香《ゆうか》、だいじょうぶ？　すごい汗《あせ》だよ。顔色も悪いし、なんか飲んだ方がいいよ」

「う、うん、だいじょうぶ」

「スポーツドリンク切れてたね。あたし買ってくる。ベッドで休んで待ってて」

パタパタと部屋から出ていった。

そういえば、机《つくえ》に置《お》いていたはずの黒い石がない。さっきおどろいた拍子《ひょうし》に、机の下に落ちたのかもしれない。

でも、机の下をのぞいても見あたらない。

わたしは椅子《いす》から降《お》り、はいつくばってベッドの下に手をのばした。

あっ、何かが手にあたった。

スマホだ。ホーム画面の時計は午後一時になっている。

朝からずっと髪《かみ》をとかしてたんだ……。

時計の表示《ひょうじ》が消え、スマホの画面が真っ暗になると、そこにわたしの顔が映《うつ》った。

ちょっと待って、全然《ぜんぜん》変《か》わってないじゃない……。石を使う前のわたしのままだ。

ということは、石に映っているときだけきれいに見えるってこと？

机《つくえ》の上を見ると、石が置《お》いてある。さっきはなかったのに。

顔を映《うつ》そうとしても石が光っていないので、何も映らない。

「いったいなんなのよぉ。早く映しなさいよ！　きれいになりたいの！」

黒い石を、ガンッ、ガンッ、と机に叩《たた》きつける。すると手の中で石がはげしく光った。

稲妻《いなづま》のようなそのまぶしさに目をつぶったとたん、おそろしい龍《りゅう》の顔が頭に浮《う》かんだ。

のどの下には逆《さか》さに生《は》えている黒い鱗《うろこ》がある。あれは、ゲキリン……。

「ひやあっ！」

黒い石が龍の鱗に見えて、思わず石から手を放してしまった。

キーンと耳鳴りがして、まわりの景色《けしき》がぐるぐるまわり出す。だめ……気持ち悪い。力がぬけて床《ゆか》に座《すわ》りこんでしまった。思うように体が動かない。

やっとの思いで石をつかみ、顔の前にかざす。そこには真っ黒な瞳《ひとみ》のわたしが映《うつ》っていた。大きな黒い点のような目が、じーっとこちらを見ている。

目をそらしたいのに……。瞳の奥《おく》の闇《やみ》に吸《す》いこまれそう。

そのとき、ペットボトルを持ったお姉ちゃんが部屋に入ってきた。

「佑香《ゆうか》、どうしたの？」

「**きれいになりたい……もっと、きれいに……**」

「佑香の声じゃない、だれなの？」

「**邪魔《じゃま》をするな**」

「ちょっとその石、あのときの石じゃない」

「え、何?」

「佑香《ゆうか》、ダメ! その石を見ちゃダメ!」

石をにぎったわたしの手を、お姉ちゃんは両手で包《つつ》みこんだ。

「しっかりして!」

「**うるさい**」

「佑香はかわいいよ。でもそれは見た目じゃない。明るい声や性格《せいかく》なの。自分で自分を苦しめちゃダメ!」

「**自分で自分を……? わたしがわたしを……?**」

わたしの口から声が出ている。でも、わたしの声じゃない。お姉ちゃんが言ったようにこれはわたしじゃない。低《ひく》くて、苦しくて、悲しそう。

辰子《たつこ》?

「た、つ、こ?」

ふりしぼったこの声が自分のものかどうかはわからなかった。

でもそのとたん、ふっと呼吸《こきゅう》が楽になり、涙《なみだ》がぽろぽろとこぼれてくる。

お姉ちゃんはゆっくりとわたしの背中《せなか》をなでてくれた。

どれくらい時間がたったんだろう。気づくと石の光は消え、もとの黒い石に戻《もど》っていた。

「落ち着いた？」

「うん……。もうだいじょうぶ」

「あの声、佑香《ゆうか》じゃなかったよね……、もしかしたら、辰子《たつこ》だったのかな……」

「そうかも……」

さっき、わたしは苦しかった。辰子もきっと苦しかったんだ。

美しい湖を見おろすようにたたずんでいた、たつこ像《ぞう》はとても穏《おだ》やかな表情《ひょうじょう》だったけど、あの中には辰子《たつこ》の苦しみや悲しみも閉《と》じこめられていたのかも。

ふしぎと持っていた黒い石と、歯の折《お》れた櫛《くし》はさっきよりも軽い。

「お姉ちゃん、櫛、ボロボロになっちゃったね、ごめん」

「そんなことよりこの石を田沢湖《たざわこ》に返さなくちゃ。もしもまた佑香《ゆうか》に何かあったらと思うと……」

いつも明るいお姉ちゃんが声を詰《つ》まらせた。

お姉ちゃんの温かい手がわたしの手に重なる。

あのときお姉ちゃんが来なかったらどうなっていただろう。真っ黒な瞳《ひとみ》を思い出して、背筋《せすじ》が寒くなった。

その夜、夕飯《ゆうはん》をつくっているお母さんに

「わたし、もう一度鏡石《かがみいし》を見に行きたい」

とお願《ねが》いした。

「鏡石に行く道は通行止めのはずよ。お土産屋《みやげや》さんが言ってたもの」

「そんなはずない。だって……」

「まさかあなたたち、通行止めを無視《むし》して行ったんじゃないわよね？」

こわい顔をしたお母さんがふり返る。

「そ、そんなわけないじゃない！　そうそう、通行止めだった。ちがうの、また田沢湖《たざわこ》に行きたいねって。お土産屋さんで食べたみそたんぽおいしかったし。ねっ」

お姉ちゃんが引きつった笑顔《えがお》で目くばせをした。

「ま、そんなに行きたいならいいけど。ほら、ふたりとも、夕飯《ゆうはん》にするから手を洗《あら》ってらっしゃい」

わたしたちは無言《むごん》で洗面台《せんめんだい》へ行き、順番《じゅんばん》にハンドソープをつけた。

「通行止めなんかじゃなかった！　ぜったい行ったもん！」

「そんなの、わたしだってわかってる。だけど、お母さんめっちゃこわい顔してたじゃん。怒《おこ》られたらご飯《はん》がまずくなっちゃう」

あんなに強かったお姉ちゃんも、お母さんには弱いみたい。

「まあいいじゃない。また田沢湖《たざわこ》に連《つ》れてってくれるんだし、行けばわかるわよ。そんなことより夕飯、しょうが焼《や》きだよ。早く行こう」

バシャバシャと手をすすぎ、スウェットで手をふいてる。

またダサいスウェット。でも……。

「わたしを助けてくれたときのお姉ちゃん、まあまあかっこよかったよ。わたし、きれいになるのをやめて、お姉ちゃんみたいになろうかな」

「はぁ？　何それ、どういう意味？」

ポニーテールのあちこちから髪《かみ》の毛が飛《と》び出てボサボサだけど、ダサいスウェットを着てるけど、わたしのお姉ちゃんはわりとイケてる。
こんなお姉ちゃんになら、「似《に》てる」って言われるのも悪くないかも。

【参考文献】

・屋添賢治、野口達治『日本の伝説14　秋田の伝説』(角川書店、1977年)
・瀬川拓男、松谷みよ子、沢渡吉彦　編『日本の民話2　秋田・出羽篇』
(未来社、1975年)
・松谷みよ子　再話『辰子姫物語』(未来社、1974年)

プロフィール

佐々木《ささき》 ひとみ

日立市出身、仙台市在住。日本児童文学者協会理事・日本児童文芸家協会会員。『ぼくとあいつのラストラン』『七夕の月』（ポプラ社）、『ぼくんちの震災日記』『エイ・エイ・オー！ ぼくが足軽だった夏』（新日本出版社）ほか。

吉田《よしだ》 桃子《ももこ》

福島県郡山市在住。日本児童文学者協会会員。『ラブリィ！』『moja』『ばかみたいって言われてもいいよ』『夜明けをつれてくる犬』（いずれも講談社）ほか。

ちばるりこ

岩手県盛岡市在住。日本児童文学者協会会員・「ふろむ」同人・岩手児童文学の会会長。『スケッチブック 供養絵をめぐる物語』（Gakken）、「シャンプーのボトルから」（『銀の鈴 ものがたりの小径 発見』銀の鈴社に収録）ほか。

野泉《のいずみ》 マヤ

茨城県出身、宮城県在住。日本児童文芸家協会会員。『きもだめし☆攻略作戦』（岩崎書店）、『へんしん！へなちょこヒーロー』（文研出版）、『ぼくの町の妖怪』（国土社）ほか。

もえぎ 桃《もも》

青森県出身、仙台市在住。日本児童文芸家協会会員・「季節風」同人。『トモダチデスゲーム』シリーズ（青い鳥文庫）。『小説ブルーロック 戦いの前、僕らは。』シリーズ（講談社）ほか。

みどりネコ

秋田県横手市出身、宮城県名取市在住。日本児童文芸家協会会員。「まほうの天ぷら」（『まほうの天ぷら』国土社に収録）ほか。

ふるやま たく

岩手県出身、仙台市在住。画家。『一本の木がありました』（パイインターナショナル）、『13枚のピンぼけ写真』（岩波書店）、『あなたの一日が世界を変える』（PHP研究所）ほか。

おしの ともこ

東京都出身、宮城県在住。「アートのたからばこ」代表・日本児童文芸家協会会員。『おかあちゃんに きんメダル！』（挿画、国土社）、『ねこりん＆ねこたん ほんわかにゃんこびより』ほか。

東北6つの物語

東北こわい物語

編著　みちのく童話会

装画　ふるやま たく

挿画　おしの ともこ

この物語はフィクションです。実在する人物・団体・出来事とは一切関係がありません。また、文章を読みやすくするため、表記などが実際とは異なっている箇所があります。

装丁　品川 幸人　※写真提供：PIXTA

2024年11月30日　初版1刷発行

発　行　株式会社 国土社
〒101-0062　東京都千代田区神田駿河台2-5
TEL 03-6272-6125　FAX 03-6272-6126
印　刷　モリモト印刷 株式会社
製　本　株式会社 難波製本

NDC913 224p 19cm　ISBN978-4-337-04404-3　C8393
Printed in Japan

おまけ／東北《とうほく》地方《ちほう》のパワースポット

ミッチー（小学４年生）

ううう っ、こわかった～。

ノン（小学5年生）

こわかったけど、
また読みたいなあ。

とんぼ博士《はかせ》

東北《とうほく》地方《ちほう》の民話《みんわ》や言《い》い伝《つた》えにはふしぎなものや、こわいものがたくさん残《のこ》されているんだ。そういう信仰《しんこう》や伝承《でんしょう》を知ってから現地《げんち》に行くと、ふだんとちがった雰囲気《ふんいき》を味わえるかも。

しっぽ（ネコ）

ご利益《りやく》のありそうな由緒《ゆいしょ》があったりふしぎな雰囲気を感じられる東北地方のスポットを紹介《しょうかい》するニャ

おまけページ　イラスト：今田貴之進

青森県《あおもりけん》

提供：平凡社地図出版／ROOTS製作委員会／アフロ

高山稲荷神社《たかやまいなりじんじゃ》

江戸時代《えどじだい》に再建《さいけん》され、五穀豊穣《ごこくほうじょう》・海上《かいじょう》安全《あんぜん》・商売繁盛《しょうばいはんじょう》の神様をまつる。何重にも重《かさ》なる千本鳥居《せんぼんとりい》が有名。

乳穂ヶ滝《におがたき》

33mの高さから流れ落ちる滝《たき》で、冬期には結氷《けっぴょう》して氷の柱となる。2月の氷祭《こおりまつ》りでは、この柱の形やサイズなどにより、豊作《ほうさく》か凶作《きょうさく》かが占《うらな》われる。

秋田県《あきたけん》

真山神社《しんざんじんじゃ》

ナマハゲの神事《しんじ》がおこなわれる神社で、近くにはなまはげ館もある。大晦日《おおみそか》の夜、神の使いとされるナマハゲが、出《で》刃包丁《ばぼうちょう》を手に家々を「泣《な》ぐ子はいねが」とおどしてまわり、子どもはこわがって泣いて隠《かく》れる。酒でもてなし、帰ってもらったあと、落としていった藁《わら》を持っていると幸《こう》福《ふく》になるという。

提供：平凡社地図出版／ROOTS製作委員会／アフロ

大湯環状列石《おおゆかんじょうれっせき》

縄文時代《じょうもんじだい》後期の遺跡《いせき》。二重の円のように石を配置《はいち》してつくられた2つの環《かん》状列石《じょうれっせき》は、縄文人《じょうもんじん》のお墓《はか》やマツリの場所だと考えられている。縄文時代の重要《じゅうよう》な遺跡の1つとして、世界文化遺《せかいぶんかい》産《さん》に登録《とうろく》された。

画像提供：鹿角市教育委員会

岩手県《いわてけん》

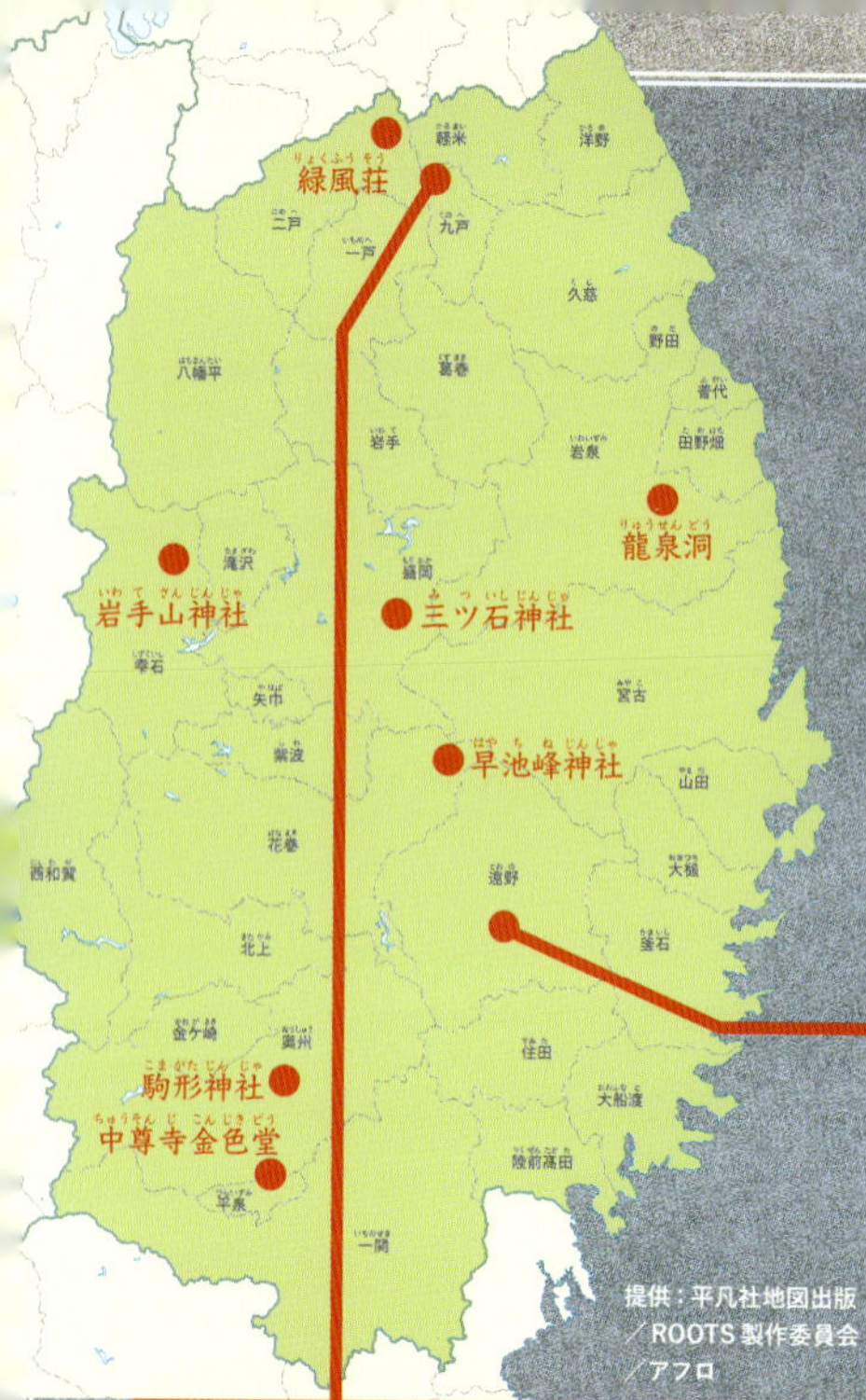

提供：平凡社地図出版
／ROOTS製作委員会
／アフロ

遠野《とおの》

この地域《ちいき》に伝《つた》わる昔話《むかしばなし》・伝説《でんせつ》・信仰《しんこう》・年中行事《ねんちゅうぎょうじ》などをまとめた柳田國男《やなぎたくにお》の『遠野物語《とおのものがたり》』が知られている。家の神であるオシラサマが千体以上《いじょう》も納《おさ》められた御蚕神堂《おしらどう》、カッパ淵《ぶち》や続石《つづきいし》など『遠野物語』にも登場する民間信仰《みんかんしんこう》にもとづくスポットがたくさんある。

オドデさまの滝《たき》

フクロウのような目に、人間の下半身のような足を持つ怪鳥《かいちょう》・オドデさまは、「ドッテン、ドッテン」という言葉とともに未来《みらい》や人の心を言い当てたと伝《つた》えられている。

山形県《やまがたけん》

提供：平凡社地図出版／ROOTS 製作委員会／アフロ

十六羅漢岩《じゅうろくらかんいわ》

日本海《にほんかい》で命を失《うしな》った漁師《りょうし》の供養《くよう》と海上の安全を願《ねが》って22体の像《ぞう》が海岸《かいがん》の岩石に彫《ほ》られている。未来《みらい》に残《のこ》したい漁業漁村《ぎょぎょうぎょそん》の歴史文化財《れきしぶんかざい》産百選《さんひゃくせん》に選《えら》ばれている。

出羽三山《でわさんざん》

月山《がっさん》・羽黒山《はぐろさん》・湯殿山《ゆどのさん》のこと。古くから修験道《しゅげんどう》の山伏《やまぶし》の厳《きび》しい修行《しゅぎょう》の場となっていた。江戸時代《えどじだい》には伊勢神宮《いせじんぐう》への「西の伊勢《いせ》参《まい》り」に対して、出羽三山への参詣《さんけい》は「東の奥参《おくまい》り」として知られた。

宮城県《みやぎけん》

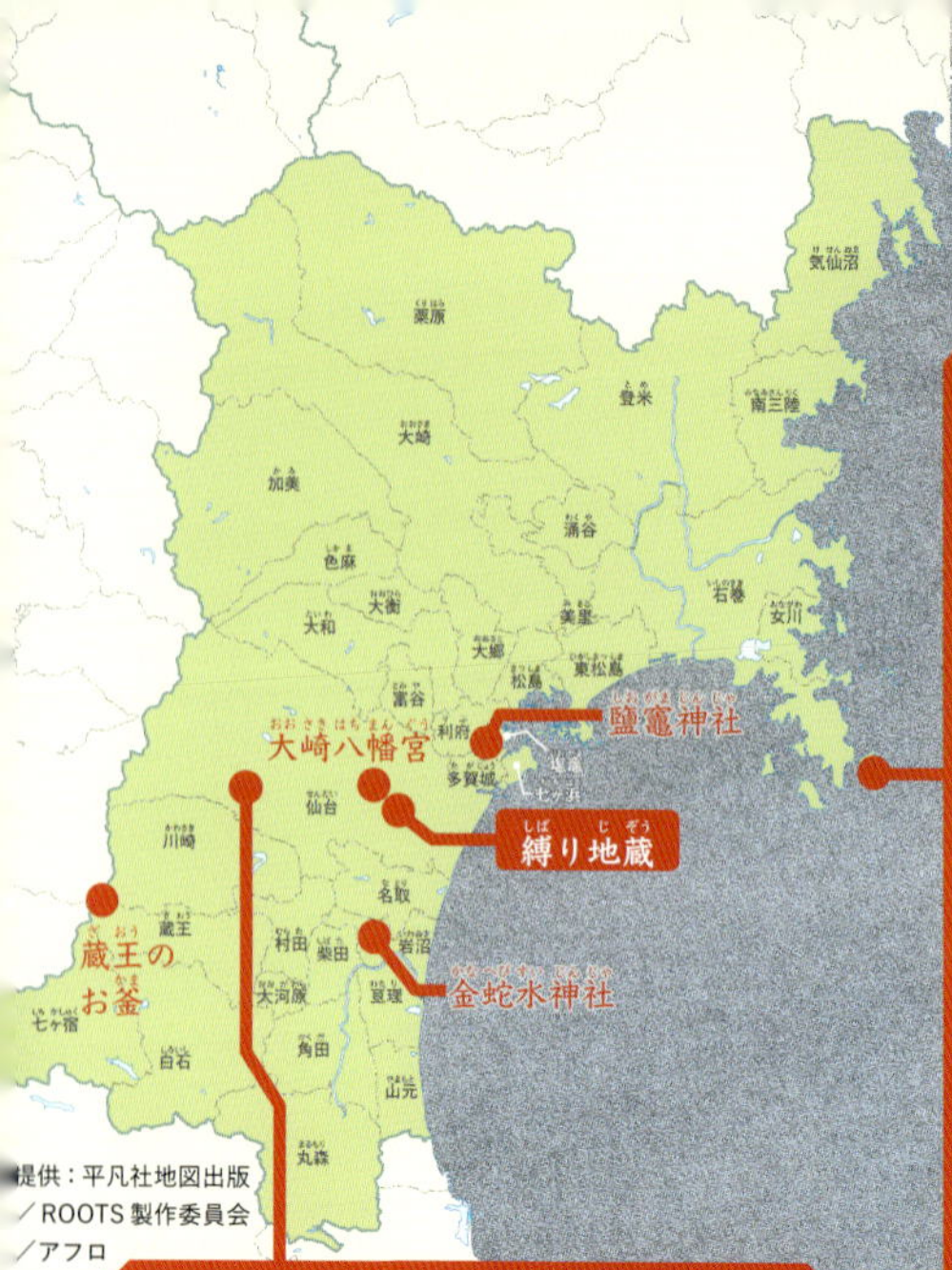

提供：平凡社地図出版／ROOTS 製作委員会／アフロ

金華山《きんかさん》

出羽三山《でわさんざん》・恐山《おそれざん》とともに東奥《とうおう》の三大霊場《さんだいれいじょう》に数えられる修行《しゅぎょう》の地とされてきた。日本初《にほんはつ》の金の産出《さんしゅつ》にちなんでつくられた金華《きんか》山黄金山神社《さんこがねやまじんじゃ》は、江戸《えど》時代《じだい》は大金寺《だいきんじ》とも呼《よ》ばれ、金運の神や福《ふく》の神である弁財天《べんざいてん》をまつる神社として人々の信仰《しんこう》を集めた。

秋保神社《あきうじんじゃ》

平安時代《へいあんじだい》、征夷大将軍《せいいたいしょうぐん》の坂上《さかのうえの》田村麻呂《たむらまろ》が熊野神社《くまのじんじゃ》をまつったのが由緒《ゆいしょ》とされ、現在《げんざい》は「勝負の神」としてアスリートなどが参拝《さんぱい》することで有名。

画像提供：秋保神社

福島県《ふくしまけん》

提供：平凡社地図出版
／ROOTS 製作委員会
／アフロ

塔《とう》のへつり

へつりは、会津地方《あいづちほう》の方《ほう》言《げん》で断崖絶壁《だんがいぜっぺき》のこと。塔のような形で並《なら》ぶ崖《がけ》は国の天然記念物《てんねんきねんぶつ》で、崖にかけられた吊《つ》り橋《ばし》を渡《わた》った先のお堂《どう》内に、知恵《ちえ》などをもたらすという虚空蔵《こくうぞう》菩薩《ぼさつ》がまつられている。

お人形様《にんぎょうさま》

江戸時代《えどじだい》、悪病《あくびょう》が流行し、魔《ま》よけとして立てられたといわれ、背《せ》は4ｍもある。大鬼《おおおに》の面に、右手でなぎなた、左腰《ひだりこし》に刀《かたな》を持ち、街道沿《かいどうぞ》いの3か所でにらみをきかせている。

画像提供：田村市

東北《とうほく》の昔話に登場する妖怪《ようかい》

座敷《ざしき》わらし

古い家にすむ子どもの妖《よう》怪《かい》。座敷わらしがいる家は栄《さか》え、いなくなると滅《ほろ》びるという。座敷わらしが現《あらわ》れるという有名な旅館もある。

たんたんころりん

柿《かき》の実《み》をとらず、そのままにしておくと現れる、柿が化《ば》けた大入道《おおにゅうどう》。「たんころりん」ともいう。

亀姫《かめひめ》

猪苗代城《いなわしろじょう》の天守《てんしゅ》に住んでいたとされる妖怪で、城《しろ》の家《け》来《らい》をおどし、死にいたらしめた。別《べつ》の家来が見かけた大入道を切ったところ、大ムジナとなり、それ以来《いらい》現れなくなった。泉鏡花《いずみきょうか》の戯曲《ぎきょく》「天守物《てんしゅもの》語《がたり》」に登場することで有名。

河童《かっぱ》／水虎様《すいこさま》

河童の目撃情報《もくげきじょうほう》や伝説《でんせつ》は日本《にほん》各地《かくち》にある。遠野《とおの》の河童は赤いことで有名。青森県《あおもりけん》の津軽《つがる》地方《ちほう》では、河童の姿《すがた》をした水虎様という水神《すいじん》がたくさんまつられている。

【おもな参考文献】

- 善養寺ススム 文・絵／江戸人文研究会 編『絵でみる江戸の妖怪図巻』(廣済堂出版)
- 千葉幹夫・粕谷亮美 文／石井勉 絵『妖怪の日本地図1 北海道・東北』(大月書店)